三度死んでも君がいい

Ai Tanikawa
谷川藍

CHOCOLAT BUNKO

ILLUSTRATION 苑生

C O N T E N T S

1、現在のこと

またしても面接に失敗した縁（より）は、息をするのも面倒臭い気持ちで、駅前の雑踏（ざっとう）に押し流されているところだった。

「はあ――……」

ぼんやり立ち尽くしていたら、気付かないうちに信号が変わっていた。周りに立っていた人達がぞろぞろと歩き出して我に返った。顔を上げると、秋晴れの乾いた青空を背負った巨大なデジタルサイネージが、威圧するように見下ろしてくる。画面の中を、目を突き刺すほどの極彩色がくるくると舞い踊っていた。朝ドラの主題歌を歌っているバンドの新しいアルバムがもうすぐ出るらしい。ボーカルは二十歳だとか。

――二十歳って俺より七個も下なのか。

ぼうっとしながらきらきらしたカラフルな画面を見上げていたら、後ろから手を繋いで歩いてきた男女の片割れとぶつかってしまった。

「あ、ごめんなさい…」

縁がふにゃふにゃと謝ると、男の方は迷惑そうに横目に睨（にら）んできたが、女の方はそんなやりとりには気付かないまま、巨大画面を指差して「あー」と明るい声を上げた。

「ＮＩＯだ」

「にお？」

「新曲のＭＶさあ、めちゃくちゃかっこいいから」

「ふーん……俺はあんま知らんけど」

「うそぉ、ネオラボって歌詞すごいんだよ。ほんと、ＮＩＯって人生何周目？って感じだからねえ」

「あっそう」

画面の中の芸能人にも嫉妬を表した男とそれに苦笑いした女の子は、縁の存在など初めからないもののように通り越して行った。

「あ〜〜あ、やだやだぁ」

縁は誰の耳にも届かないくらいの小さな声で、あえて口に出して言った。

ネオラボというバンドのことは好きでも嫌いでもないが、たまたまボーカルの名前が友達と同じせいで、やけに耳についてしまう。

『人生何周目？』という言葉は、称賛だか皮肉だか知らないが、ソツがない、生きるのが上手い、人生のことがわかっているように見える若輩の人間に対してしばしば向けられる。

でも、その表現が全然的を射ていないことを、縁は身を以て知っていた。

ソツがなくて生きるのが上手くて人より人生のことが分かっているように見える人は、ただ本当にソツがなく、ただ生きるのが上手くて、人より人生のことが分かっているだけなのだ。生きるのが下手な奴は人生を何周しようが、ずっと下手のままだ。

だって、俺がその生き証人――。

人生三周目の人間、俺がここにいるからねえ。

酸素を求める魚みたいに宙を仰いで、誰へともなく心の中で呟いた。

縁には、前世の記憶がある。

前世どころか、前々世の記憶もある。三度、同じ人生をやり直している真っ最中だ。

三回ともろくでもないいきさつを辿って、こうして雑踏の中のごみ屑と化している。前回の記憶を持ってスタートした程度で他人よりも有利な人生を送れるなどという夢想は、ちゃんちゃら甘い。やり直したところで、うまく学習できない縁のような奴は何度も似たような失敗をし、何度も同じ失望を味わうだけだからだ。身についたのは人生をうまく乗り越えるコツではなくて諦め癖である。

人出の多い渋谷の街をやっと抜けて、永遠に工事中のツギハギみたいな渋谷駅から電車に乗り、食べ損ねた昼ご飯のことを考えているうちに、いつの間にか高円寺のアパートに辿り着いていた。同居しているルームメイトは、今日は休みのはずだったけれど、出かけているようだ。上着を脱ぐのもエアコンを付けるのも面倒で、外から帰ってきた格好のまま、しばらく床に転がっていた。このまま寝ちゃおうか、と思っていると、ポケットの中のスマートフォンが振動した。なんと、ついさっきの採用面接の結果だった。面接が終わるなり遠回しに不採用を言い渡されたのに、ちゃんと通知も送ってくれたらしい。

「鳩羽縁様

この度は、多くの企業の中から弊社の採用にご応募頂き誠にありがとうございました。

今回の採用につきまして、厳正なる選考の結果、ご希望に添えない結果となりました。

なお、ご応募に際しましてお送り頂いた書類につきましては、弊社において責任を持って破棄させて頂きます。

今回は残念な結果となりましたが、またのご縁がありましたら幸いです。」

またためげずに応募して来いよ、というような気軽な不採用の距離感は、今後のご活躍とご健勝をお祈りされるよりも少しフランクな感じがして、今まで食ったパンの数より多い不採用通知を受け取ってきた縁にとっては、むしろありがたい気すらした。

『またのご縁がありましたら幸いです』

それは、なんて良くできた断り文句だろうと思う。

不採用通知の文面を締め括(くく)るのに、送る側が悪者にならずに済む最高の言葉選びだと、メールを流し読みしながら縁はしみじみと感心した。

「はーーーあーーーー……」

フローリングに大の字になって、スマートフォンを頭上に放り出す。

これほど多くの「ご縁」という単語に遭遇する羽目になっているのは、もしかしたらこの因果な名前のせいかも知れないと、縁は思う。

運良く面接まで進めた場合、かなりの割合で名前の読みを確かめられる。「縁」。エンと書いてヨリです、と、数え切れないほど説明してきた。すると大体「いい名前だね」と言われるのだが、そう言ったほとんどの面接官は縁を不採用にしたので、名前を褒(ほ)められるのは嫌いだった。

「あー、煙草(たばこ)吸いたい……お腹空いた……」

工場のバイトをクビになってからもうすぐ一か月経とうとしている。

知り合いの伝手でようやく就けた仕事だったのに。再三注意された寝坊の遅刻を、またやった。所長に「もうやりません」と涙ながらに約束した次の日の大遅刻だった。バイト先からの電話で起きる、という地獄の目覚めは、何度経験しても心臓が凍り付いて、息が吸えなくなる。何度も経験していること自体がそもそも、もうダメなのだが。

とりあえず何でもいいからバイトをしないとやばい。求人サイトの片っ端から応募しようと決意した瞬間、玄関の鍵の回る音がした。

「ヨリいるー？」

「はあい」

寝転がったまま半分溜息のような声で応えると、耳慣れたスキップみたいなお喋りが飛び込んでくる。

「ヨリーっ、ただいまーっ、お疲れーっ、面接どうだったー？」

お菓子やゲーム機やよく分からない箱ではち切れそうな紙袋を片手に二つ提げている。また色んなところに寄り道してきたらしい自由な友人は、横たわる縁をひょいと跨いで、ローテーブルの脇にドカドカと積んだ。

縁の頭上に仁王立ちして、腰に手を当てて覗き込んでくる。鎖骨の下まで伸びた黒髪とエスニック調のカラフルなピアスが動きに合わせてしゃらんと揺れた。オーバーサイズの麻のシャツにスキー場でしか見ないようなどぎつい色合いと柄のズボンを履いていた。そして今日も裸足。もうすぐ冬なのに、サンダル焼けしている。

「ニオ〜……」

「うん」

有名バンドマンと同じニオという名前の友達兼同居人は、名前を呼ばれて無邪気に返事をした。ただし、バンドマンの方はローマ字の「ＮＩＯ」であり、こちらは漢字の「仁尾」である。仁尾一由。ニオは苗字だ。中学時代に縁のいる学校に転校してきてすぐに仲良くなって、それからの付き合いの古い友達である。卒業後は疎遠になっていたのが社会に出てひょんなことから再会し、同居人になって四年目になる。

「面接から一時間しないうちに不採用通知が届いたよ」

「ええーっ、ウケる、最速記録かな？」

「いや、面接中に説教されてそのまま帰された回が最速だね」

「あった。あったねーっ、確かに。球場の清掃のときだっけ？」

「違ーう、薬局」

そっか、と楽しそうな相槌と一緒に、骨ばった薄い手のひらで頭を撫でられた。

「不眠症には生き辛い世の中だねー」

ピンポイントな労いを受けて、縁はぐっと唇を噛んだ。

うまく眠れず、うまく起きられない。深く眠れた気がしなくて、いつも少し眠い。高校生になったくらいの頃から、気が付いたらそんな風になっていた。不眠症を患ったのは、ループする人生の三度目で初めてだ。心療内科に行ったり、カウンセリングを受けたりして色んな薬を試してきたけれど、結局大した効果が出なくて、医療を頼るのもやめてしまった。高校を卒業してから十年近く、何の仕事をしてもこの体質のせいで長続きしなくて、色んな人に迷惑を掛けながらこの歳まで生きてきた。

「ごめんね、ニオ…」

高校を卒業したあとは転々としながらフリーターを続けている縁とは違って、ニオはなんだかんだでけっこう良い私立大学に進み、新卒で入社した出版社に勤めていたのだが、何か思うところあったらしく、最近ゲーム関係の会社に転職したばかりだった。興味の赴くままに生きているように見えて、何かに躓いているところを見たことがない。生き辛いね、などという、人によっては見下しているとも取られかねない労いが嫌味にならないのは、ニオの性格の成せるわざと言えた。良くも悪くも裏表がなくて、一晩寝たら恨みも感謝も忘れてしまう、何にも誰にも囚われない奴。この町に棲みつくまではすぐに飽きて引っ越しを繰り返していたという。そのニオが四年も同じ場所に住んでいるのは、よほどこの土地の水が合ったのだろう。

「まあまあ、焦らずゆっくり頑張れ～♪」

「うん…」

「――って、言ってあげたいところなんだけどさー」

「うん？」

「就活連戦連敗中のヨリくんに悲報だよ！」

「えっ」

「俺、なんと年明けから京都に配属」

帰宅の「ただいまーっ」という挨拶と全く同じ明るさでニオが告げた「悲報」に、縁はスマートフォンを持ったまま絶句した。

「そんで、会社の独身寮に入る。そういう決まりなんだって」

よって、我々のルームシェアはもうすぐ解消。

「だからヨリには、どうにかして仕事見つけて貰わないといけなくなっちゃった。ごめんねヨリ」

ごめんね、という簡潔な一言にお腹の真ん中を撃ち抜かれるような心地がした。

現在、たまに入れる日雇いバイト以外の仕事がない縁は、家賃や高熱費など、ほぼニオの稼ぎに頼っていた。ルームシェアとは名ばかりの居候である。

「な、そんな……突然……」

「あれ、俺前に言わなかった？」

「え……あ、もしかしてアレって冗談じゃなかったの？」

「あーっ、ヨリ、本気にしてなかったの？」

転職するから一緒に住めなくなるかも、という話は、確かに以前ちらりと耳にした。でも、酒を飲んでけらけら笑いながら話していたから、そのまますっかり忘れ去っていた。

普通もうちょっとちゃんとした前振りとか相談とかがあるだろ、と頭の片隅で思うものの、筋金入りのマイペースで人の話を聞かないこの友人に、己の常識で物申しても意味がないのはもう重々承知していた。というか、ニオがこういう人間だからこそ、自分みたいな手の掛かる奴と平気で同居して来られたのだろうし。こんな気軽に同居の解消を言い出したことに、悪意もなければ、思い入れもないのだ。

「うう……」

「ね、じゃあホストはどう、ヨリ。せっかくこんなに可愛い顔してるんだし」

膝を抱えるように屈み込んだニオは、子猫をあやすような手付きで縁の顔に掛かる髪を払った。

「近くで見るとあんまり綺麗で、びっくりするね。アラサーになっても『天使くん』は健在だねー」

言いながら、指先に縁の前髪をくるくる巻き付ける。

天使くん、という、ニオの口にした渾名（あだな）に、縁は顔を顰（しか）めた。そんなポジティブな意味の渾名じゃないこと、知ってるくせに。

ニオの指先から逃れるように顔を背けて、縁は唸るように言った。

「ホスト舐めすぎ。顔がいいだけで勤まるなら誰も苦労しないよ……ていうか俺、一回やったことあるし。ホストこそ時間とか約束とか、人並み以上にちゃんと守れないと駄目なんだよ。あと俺何歳だと思ってんの」

「次の誕生日で二十八」

「そうだよ。ニオと同い年だからね」

「でも、ヨリは二十歳って言われたら二十歳に見えるよ」

「それはいくらなんでも言い過ぎだと俺にも分かる」

「あはは」

縁の機嫌を損ねたことなんか気にも留めずに、ニオは満面の笑みを浮かべた。最初の人生も、二度目の人生も、三度目の今も、ニオのこういうところに、何度も救われて、何度も突き放されてきた。寄り添えるだけで交わらないから一緒にいられる相手なのだ。

あーあ、と、ほとんど吐息だけで笑って、縁はゆっくりと瞼を下ろした。

あいつが来るかも。

あいつと出会わないようにするために、また、出来ることをしなければと縁は思った。

こういう、縁の人生が詰み掛けたときに限って、見計らったように目の前に現れるのだ。悪魔みたいに美しい顔の、縁を破滅に向かわせる男。真綿で首を絞めるように、気付いたら縁から何もかもを奪ってしまう、怖い奴。

「………」

これは繰り返す時間の中で縁なりに考えた結論だが、このループする人生の意味は、その男から逃げることにあった。あいつに捕まったら終わり。一度目と二度目の縁の人生を終わらせたのは同じ人間だった。同じ死に方をした。縁はその男に恋をして、殺されるのだ。

『その男に恋をすると死ぬ』

ゲームのバッドエンドを回避するように。

閉じた瞼の裏に、まるでデジタルサイネージの広告みたいに、揺れる黒髪と微笑みが映し出される。『天使くん』、と含み笑いに呼ぶ声が、幻聴(げんちょう)とわかっているのに耳の奥をくすぐる。嫌だと思うのと同じくらいに、重たく甘ったるい感情がお腹の底でのたうつ。

誼(よしみ)。声には出さずに、唇だけでその名前を確認してみた。駄目だとわかっているのに、舌の上でその響きを味わいたいという思いが止まらなくなってくる。誼。安念(あんねん)誼。呪いみたいな名前。

「ダメだこれ。やばいかも」

ばち！と目を見開くと、縁の顔を覗き込んでいたニオの逆さまの瞳と目が合った。

「うわ、近」

「何がダメなの？」

「……こっちの話」

両手のひらでニオの顔を押し返す。そして勢いをつけて腹筋の力で起き上がると、眉を吊り上げて宣言した。

「ちょっと、頭冷やしてくる」

「えっ、外行くのヨリ？　寒いよ？」

「存じてます」

脳をウィルスのように浸食する安念誼の存在を凍結するため、縁は冷えたビル風に当たりに行くことにした。

「えー、待って待って、夕飯どうすんのー」

「ごめんけど冷蔵庫のもの適当に食べて」

「えー！」

家事という概念が決定的に欠落しているニオの不満の声を背に、縁はニオのお下がりのコートを引っ掴んだ。

こんな人生を生きておいて何だが、縁は、「生まれ変わり」という概念はあまり信じていなかった。

今も昔も、そういう都市伝説には枚挙にいとまがない。事故で生死の境を彷徨った人が目覚めたら、前世で暮らしていた遠い異国の言葉を流暢に話せるようになっていたとか。額に傷のある子供が、前世で自分を殺したという男の名前と死体の場所を言い、そこを掘り返してみたら額を割られた白骨死体が出てきた、だとか。でも、全部エンターテイメントとしての創作か、他人のエピソードを退屈しのぎに脚色した話以上のものは一つとしてないと思う。そうじゃなかったら、嫌だ。

だって、本当にそんな風に赤の他人に転生できるシステムがあるのなら、なんで俺だけがこんな、罰ゲームみたいな人生を何度もやり直す羽目になっているんだ。

そう思ってみて、「罰ゲーム」という響きがあまりにしっくり来ることに、縁は眉をひそめた。

物心ついたときから、「あ、俺三回目だ」みたいな認識があったわけではなかった。二回同じ死に方をして、人生のとある地点まですっ飛ばされている。ロールプレイングゲームのゲームオーバーと、やり直し。そうとしか言いようのない、やり直しをさせられている途中だった。

　前世——つまり二度目のやり直しのときは、こんな風にはっきりとした記憶を持っていたわけではない。パズルのピースを集めるように、少しずつ記憶が戻っていって、だんだんと「俺、もしかして人生二周してる？」と気が付いたくらいだった。だから最初のうちは、デジャヴのかなり強烈なもの、俺はもしかしたら何か脳に障害でもあるのかも知れない、くらいの認識でいたのが、肝心の死ぬ間際になって「前回」のすべてを思い出した。そして今回は、すべてのピースが揃った状態で再スタートしている。

　そんな半端な人生二周分の記憶を抱えて、縁は、途方に暮れて立ち尽くしていた。

　信号待ちの間、ビルのガラスに映る自分の姿を眺めた。ニオの言う通り、実年齢よりもかなり若く見えるのは確かだろう。中性的な見た目をしていると思う。顔や首の後ろが全開になっているのは落ち着かなくて、昔からずっと髪は長めだった。鏡を見たときに気持ちが多少でも明るくなるから髪はいつも明るい色にしている。子供の頃や成長期にあまりちゃんと食べられなかったから、背もあまりないし骨格が華奢で、着ている服によっては女性と間違われる。

　かわいい、綺麗、は、物心ついたときからよく言われてきた。昔はそんな風に言われると嬉しかった気がするけれど、今は「だから何だよ」という気持ちになってしまう。恵まれた容姿すら使いこなせない愚鈍(ぐどん)な大人に、社会は甘くない。

　視界に映る人々は、みんなどこかに向かって歩いていく。あるいは、誰かを待って建物の前や道の隅に立っている。目的地がなくて彷徨っている人間などこの景色の中に自分ひとりのように思えた。心細い。どこにも行けないのは俺だけだ。

　高架下のコンビニで煙草でも買って行こうと思ったのに、電子マネーのチャージが三十円足りなかった。仕方なく持て余した両手をポケットに突っ込んで、ほとんど無意識の習慣で駅前の喫煙所に向かう。パイプベンチに寄り掛かると、現実がどさっと音を立てて背中に落ちてきたような感じがした。

　仕事がない。仕事がないから金がない。そして金がないから住む場所がない、と、一段階ずつ生存問題に発展したのを、半分は焦り、半分はどこか醒めた気持ちで受け止めていた。諦念。いつの頃からか、ぼんやりと広がる海のように、自分の世界のベースには薄く広い諦めの気持ちが広がっていて、何かを必死に目指していても、楽しく夢中になっていても、幸せになりたいという願いでさえも、その水面の上に組み立てている、おもちゃのようなものでしかない気がしていた。

　煙草の煙(けむり)が流れてきて、顔をそむけるように足元に目を落とした。煙草って、自分の臭いは気にならないのに、なんで他人の臭いはこうも臭く感じるんだろうか。

「お腹空いたなあ……」

ほとんど溜息のような声で呟いたとき、落とした視線の先に丸い影が落ちた。

「天使くん、見つけた」

ふ、と、息が止まる。しまった、と思ったが、遅かった。

身の回りの景色が遠ざかって、音が止まる。

ああ、やっぱり。ズレて止まっていた歯車が噛み合ったような、ガチ、という重たい音が頭の奥に響いた。

「ずっと探してたんだよ、縁」

上を向けと命令されたわけでもないのに、反射的に顔を上げてしまう。

記憶の中の映像とそっくりそのままの、少しだけ傾げた顔の角度に合わせてさらさらと流れる癖のない黒髪。猫のようにきゅっと上がった目尻が、いたずらっぽい印象を与えていて愛嬌（あいきょう）がある。どことなくアンニュイなカーブを描いた細い鼻筋に薄い唇。作り物めいて整った顔の中で、瞳だけが夜空を映した水面のように濡れて、まばたきするたびに光った。

「あー、悪魔……」

思わずそう口に出した瞬間に、あはは、と乾いた笑いが漏れた。こんなにあっけなく

バッドエンドのルートに入ってしまった。

「え、何？」

しっかり聞こえていたくせに、いたずらっ子みたいな笑みを浮かべて聞き返してくる。

「いや……久しぶり、誼」

「うん。十年…いや、九年ぶりかな？」

縁が名前を呼ぶと、誼はにっこりと笑った。せっかく、高校卒業以来一度も遭遇せずにここまでやってこれていたのに。

「ずっと会いたかった」

「あ、はは……どうも」

俺は会いたくなかったよ。

縁がそう口に出せばますます喜ぶことを知っていたので、あえて口には出さなかった。

その縁の心情すら理解してにこにこしているであろう誼は、満足気に大きくまばたきをして、小脇に抱えていた紙袋を縁に差し出した。

「どうぞ」

「は？」

「ハンバーガー。お腹空いてるかと思って」

無邪気な顔で、こうやって縁の望んだときに望んだものを寄越してくる。これも縁の記憶の中の誼とそっくり同じだった。

「あー。ありがとー、うれしーです……」

俺のこと、何をどこまで知ってるんだろう。いや、全部知ってるのかもしれない。最初から何もかも。そう思わせる得体の知れなさが、美しい容姿に不穏な空気を纏わせて、どこかグロテスクにすら思えてしまう。

「嬉しいならもっと嬉しそうにすればいいのに」

そう言いながら、誼はわざとらしい笑みを浮かべて首を傾げた。

「はいはい、ありがと」

飄々と言葉を返しながら、心臓は早鐘を打っていた。怖すぎる。ループなんてしていないはずの誼がまるで昨日の続きのように接してくるのはあまりにも不気味だった。

空腹で頭が回らないのと恐怖で今すぐこの場から逃げ出したいのとで、縁の頭の中は真っ白だった。これが漫画だったら自分の目はぐるぐる渦巻きになっているだろう。感情だけが焦って思考停止したあと——何も分からないまま空腹だったことだけ思い出して、縁はハンバーガーの包みをぴりぴりと開いた。

「あ、良かった。食べてくれた」

ああ、と、薄いパンに歯を立てながら心の中で唸った。だから俺は二回も死んだんだ。

こういうとき、まともに頭の働く人はいくら腹が減っていようが目がぐるぐる渦巻きだろうが、得体の知れない人間の持ってきた食べ物など口にしないだろう。

必死に口の中に詰め込むようにハンバーガーにかじりついているのを観察するような目で詛に見られていて、最悪の心地だった。

（もしこのハンバーガーに変な薬でも入ってたらどうするつもり？）

頭の中でイマジナリーニオが呆れて肩を竦めている。知るか。いや、その通りだけど、もう遅い。それに、飢え死にするよりはマシだ。

（ほんとに？　飢え死にした方がマシじゃない？）

やめて。うるさいな。もう食べちゃってるから！　あと、今さらだけどたぶん変なものは入ってない。

「美味しい？」

頭の中で混乱した会話を繰り広げながら一心不乱にハンバーガーを貪っていると、縁の脳内会話を詛が中断させる。

「美味しい」

反射的にそう答えた。答えるために口の中の物を飲み込んだら、ようやく食べ物の味を認識するささやかな余裕が生まれた。薄いパンに染みたてりやきのソースとしなしなのレタスと、味の濃いパテ。大好きだ。好きな食べ物は「食べ物」と言える、口にできるものはなんだって好きと言える縁だが、死ぬ前に食べる最後の食べ物はこれがいい。

宝物を隠すように腕で紙袋を抱え込んでいる縁を見て、誼は顔を背けてぶくく、と笑った。

「な…なんだよ」

「なんか、縁の食べ方って、口に収めてしまえば誰にも取られなくて済むとでも思ってるみたい。そんなに必死に守らなくたって大丈夫だよ」

なんて嫌な言い方だろう。卑しい子と率直に言われて、胸の底がざらついた。

「かわいい、ハムスターみたい。安心して。俺は縁の大事な食べ物盗らないよ」

知っている。誼はハンバーガーなんて好きじゃない。縁のためにわざわざ調達してきた餌（えさ）だ。縁のような人間を懐柔するのに、衣食住がいちばん手っ取り早く効果的だと知っている嫌らしい奴。そう分かっていてもこうも正直に懐柔されてしまう縁とは、相性が最高すぎて最悪なのだ。

「隣、座ってもいいでしょ?」

「好きにすれば」

見たことがないくらい機嫌が良さそうな微笑みのまま、パーソナルスペースを無視した至近距離に腰を落ち着けてきた。

「ぐ…近いんだってば」

「そうかな。ふふ、久々だから嬉しくて」

「ぶりっこするな。腹黒王子」

体温を感じる程の近さに座られたのが居心地悪くて、両手で食べかけのハンバーガーを持ったまま縁は尻をずらして逃げた。

「そんなこそばゆい渾名つけてくれるの縁だけだよ。高校のときから色々つけてくれたよね。なんだっけ…悪魔くん、スイート暴君、高熱出たときに見る悪夢……」

「俺が言うのもなんだけど、そういうの、世間では渾名じゃなくて悪口って言うと思うよ」

「他の誰かに言われたら悪口でも縁に言われたら愛の籠もった渾名だよ。ねえねえ、他には？　かわいい渾名は何個あってもいいよね」

「人の話なんも聞いてないなお前」

何を言っても暖簾に腕押しのこの感じは、ああ、そうそう……と思わず懐かしくなりつつも、舌打ちしたいくらい腹立たしい。

「ねえ縁、それだけで足りる？　他にも何か食べる？　お腹空いてるんじゃない？」

背けた顔を追いかけるようにして覗き込みながら、誼はどんどん言葉を継いでくる。縁と会話できるのが嬉しくて仕方ないようだった。

「……よく喋るね。誼ってそんなに口数多い方じゃなかったでしょ」

「言っただろ、ずっと会いたかったんだよ。それと、君はこういう人懐っこい感じの方が好きなのかと思って」

「……は？　『こういう感じ』って、もしかしてニオのこと言ってる？」

「うん」

屈託（くったく）なく笑った誼の顔に寒気を覚えて、縁は身を引いた。

「全然似てないし、やめて」

「そうかな？」

「そうだよ。ていうか、なんで知ってるんだよ」

「仁尾くんのこと？　それとも縁が無職でお腹空かせてること？」

「どっちもだよ。むしろ全部！　俺の居場所まで含めて」

「え？　だってそれは――」

言いかけて、途中で誼は言葉を引っ込めた。代わりに、目を細めてチェシャ猫みたいな笑みを浮かべる。

「まあ、俺は縁のことは大体何でも知ってるよ」

せっかくの好物がゴムの塊に変わるような台詞（せりふ）に、縁は咀嚼（そしゃく）を止めた。

半端に残したハンバーガーを袋の中に戻して、咀嚼しきれていないままの口の中のものを飲み込んだ。

カマをかけられているのか、それとも本当に何もかも調べられているのか、推し量ることができなかった。

「困ってるでしょ。ずっと面倒見てくれてた仁尾くんが京都に行っちゃうんでしょ。仕事ないんでしょ。住むところ、ないんでしょ」

調べられてる。どうやって。いつから？

かち、かち。と、歯車の回る音が頭の中で聞こえる。バッドエンドに向かうシナリオが進み出してしまった。黙って誼の顔を見返すと、口元に指先が伸びてきて、縁の唇の端についた食べかすを拭った。親指の爪の先が上唇に引っかかって、指が離れる瞬間、軽く掻かれたような感触が残った。

「ねえ、俺と一緒に住もう」

断られるとは想像もしていないような口ぶりだった。

「俺のところにおいでよ。着るものと食べるものと住むところ、あげる」

「一緒にって、お前実家じゃん」

「あはは。いつの話してる？　独り立ちしてるよ。まあ、母親の持ってるアパートだけど。だから特に贅沢はさせてあげられないんだけど……北新宿の、普通のアパートに一人で住んでるよ」

初めて他意のなさそうな声で笑った諠は、緑の目をまっすぐに見てゆっくりまばたきをした。真っ黒なのにどうしてか、揺れる水面を思わせる瞳だ。光を反射して輝く水面ではなくて、夜空を映した海のような、重たくて深い、静かな水。

「諠、お前にとってのメリットは？」

「え？」

「俺を飼うことの」

「そんなの……」

つまらないことを聞くんだな、と、顔に書いてあった。

「『天使と一緒にいられる』。それ以外ある？」

ぞっとする言い回しだったが、何も言い返すことができなかった。

天使、天使。諠がしつこく言ってくる渾名は、もう呼ばれなくなってほっとしていたのに。

「……分かった」

この世には何か抗えない大きな力があって、覆せない設定のような逃げられない因果がある。その引力に抵抗してみては負けて、疲れて、ああすれば良かった、こうすれば良かったと後悔するばかりの人生だった。その大きな流れの根っこにいるのはこいつなのではないかと、三度目の今、ようやく縁は思い至った。

(馬鹿だなあ、縁は)

頭の中のニオが笑って言う。

そうだね、ニオ。

馬鹿だと思う、自分でも。すっかり身を任せてしまえば楽になれるのかも知れないのに。どうしてか、何かを諦められなくて、定まった運命に抗おうとしている。

俺は一体、何を諦められずにいるんだろう。

「やっとまともにこっち見てくれたね」

無駄だと分かっていても、抵抗せずにいられないのだ。

運命を変えるためにもう一度足掻いたら、せめて自分が何を諦められないのかくらいは、見つけられるだろうか。

2、始まりのこと

二度目と三度目の記憶は、高校の入学式から始まっている。

その日は朝まで降り続いていた雨が上がったばかりで、重たい土と濡れたコンクリートの匂いがしていた。獰猛なほどの眠気に負けて、腹痛の振りをして入学式を途中退席した縁は、ふらふらと校内をさまよい歩いて、図書館に辿り着いた。洋館めいた造りの図書館は、雨が降ったり止んだりしている空模様のせいか、やけに電灯の白さが目についた。

眠るのが苦手な縁が、泥みたいに眠れるのはこういう天気の日だった。

「なんか、今寝たら優しい夢を見られる気がする……」

入口から死角になっていたいちばん奥の席に着くと、やけに安心して、身体の力が抜けた。長机に突っ伏して規則正しい呼吸を意識して繰り返していると、沈み込むようにして眠りに落ちた。

揺らめく光で視界がいっぱいになる。何かに掴まろうとして腕が重たいことに気付き、水だと分かった。服が纏わりついて思ったように動けない。あの夢だ、と遅れて理解した。顔の見えない男に首を絞められ、水に沈められる、繰り返し見てきた悪夢だった。

（嫌だ、助けて――）

音のない夢だ。水に沈められる寸前、男の口が動くが、声は聞こえない。

水飛沫と光で何も見えないはずなのに、男の口元の動きだけが、どういうわけか、コマ送りのようにはっきり見える。短い一言。「どうして」と動いたように見えた。息ができなくなって、ぎゅっと目を瞑る。打ち付ける波に揺さぶられる。必死に伸ばした手の先で、何かが指先に触れて必死にしがみつく。

（助けて。怖い。死にたくない）

唐突に手を掴まれる感覚があった。

ばちん、とテレビの電源を落としたようにすべての映像が消える。引き上げられるように目が覚めた。

「起きて」

縁は目を見開いた。殺される直前に見た「どうして」と、目の前の「起きて」という唇の動きが重なる。咄嗟に、揺さぶってくる手を掴み返していた。

「あ、起きた」

目の前に広がった見慣れない景色が、高校の図書館だということをじわじわと思い出して、それから、目の前にいる人間に焦点が合った。机を挟んで反対側に立っていたその人は、縁と目が合うと、すとんと向かいの席に腰かけた。

「おはよう、天使くん」

一点のくすみもない真っ黒な瞳。音も光も吸い込んで消し去りそうな黒だ。目尻だけが猫のように軽く跳ね上がって、いたずらっぽい印象を受けた。白い顔の上に夜を引き下ろしたような深い黒の髪。少し前髪が長くて視界を邪魔していそうなのが、作り物みたいに整った容姿の中で唯一、生きた人間らしさを感じさせる部分だった。

「あれ、聞こえてる？」

首を浅く傾げて覗き込んでくる。

「だ、誰……？」

思わず距離を取るように顎を引くと、男は意外なことでも言われたような顔で、ぱちぱちと二度まばたきした。その仕草が妙にかわいらしくてドギマギした。

「魘されてたから起こしたんだけど。駄目だった？」

縁の質問には答えずに、聞き返してくる。

「あ…どうも……」

「君のこと、気になってついて来たんだ。途中で見失っちゃって、見つけたと思ったらこんなとこで寝てたから、びっくりした」

ふふ、と声を出して笑うと、愛嬌が滲む。柔らかい笑い声だった。少し長い前髪が動きに合わせてさらさらと瞳の上に流れて揺れるのに見惚れた。なんて綺麗な人だろう。

名札のラインの色で同学年だと分かるが、整いすぎた容姿と声の甘さにはあまり現実感がなくて、同じ年齢、同じ性別の人間だとはにわかに信じがたかった。

「……って、ついて来た？　俺に？」

「うん」

「なんで？」

名前も知らない同級生の男は縁の質問にすぐには答えず、目を細めて微笑んだまま、じっと目を見返してきた。

「ちょっと、手ぇ痛いかも。放してくれる？」

縁はハッと息を呑んだ。ずっと彼の手を握りしめていたことにようやく気が付いて、振り払うようにして放した。

「あはは。ひどいな」

「……」

「苦しそうだったから起こしてあげたのに。ね、怖い夢見てたの？　天使くん」

「……なんで、その渾名知って…」

縁が汗びっしょりの手のひらを真新しい制服のズボンに擦（こす）り付けながら尋ねると、ようやく謎の同級生は笑みを引っ込めて、あっけらかんと答えた。

「だって、有名だもん君。さっき入学式で見かけて、あの子が噂の『天使』かぁって思って見てたら、途中でふらふらっといなくなっちゃうから。それで、どうしても気になって……追いかけてきちゃった」

返答を待つように一度言葉を切ったが、縁が押し黙っているのを見ると、彼は話を再開した。

「具合悪かったの？　それとも眠かっただけ？」

「具合悪いに匹敵するレベルで眠かっただけ」

なんだろう、この尋問みたいな時間は。この人は自分の何を知ろうとしているのだろうと、警戒した。

「そうなんだ。ねえ天使くん」

「天使くんて呼ぶのやめて。俺それ好きじゃない」

「なんで？　かわいいのに」

ぴったりだと思うけど、と言いながら、彼は縁の顔に向かって手を伸ばしてきた。あまりにも自然な仕草で、身を引く隙がなかった。目の下あたりを親指の腹で撫でられて、ぎょっとして目を瞑る。顔に浮かんだ汗を拭ってくれたようだった。それから、頬の輪郭を覆い隠していた縁のくすんだ金髪を指で掬って耳にかけた。

「すごいね、ほんとにかわいいいんだね。色素の薄いおっきなまん丸の目、綺麗。ちっちゃい口、さらさらの金髪、雪みたいに白い肌、華奢な身体。なんていうか、すごく、きらきらふわふわしてるな。初めて君を見たら金髪ショートの女の子だと思う人もいっぱいいるだろうね」

臆面もなく縁の容姿をべた褒めしてきた彼に、縁は少し鼻白んだ。

「……俺の渾名の由来知ってるんでしょ。単に『かわいい』みたいな意味じゃないこと」

「じゃあ、ほんとの名前は何ていうの？」

間髪容れずに尋ねてきた。その簡潔さに、最初から名前を聞き出すつもりの会話だったのだと知った。回りくどい奴。そして意地悪な奴だと思った。最初から名前教えてって言えばいいのに。綺麗な顔して、言葉で相手をつついて遊ぶ趣味があるのかも知れない。

「縁」

「より？」

「ご縁の縁って書いて、ヨリ。苗字は鳩羽。鳩の羽根ではとば」

縁の名前を聞くと、彼は子供みたいに声を上げて喜んだ。

「うわー、かわいい名前！　君にぴったり」

「他人の名前聞いてそんなに喜ぶ人いる？　変な人。じゃあ、あんたは？」

「あ、俺？　俺は安念誼。安心の安に念じるの念。誼は、幼馴染の誼で、とかのよしみ。よろしくね」

なんか俺たちの名前って似てない？　縁に誼。と言って、安念誼は手で口元を隠してこらえきれないように笑った。

「よしみ…」

安念誼。ヨシミ。なんだかその名前の響きに言い知れない危機感を覚えて、冷や汗が再び滲み出すのを感じた。

「あんた、どっかで俺と会ったことある？」

頭の中で、何かがガチャリと音を立てた。縁は歯車の動き出す機械音を連想した。それと同時に、さっきまでの悪夢がフラッシュバックした。水に沈められる寸前のシーン。

「どうして」と言った。逆光で見えなかった男の顔に、誼の人形めいて美しい顔が重なった。

なんか俺、この人を知ってる。初めて会うはずなのに。

「ねえ、君の噂って本当なの？」

ぶわ、と全身から冷たい汗が噴き出した。

「う、噂って」

心臓をバクバク言わせながら縁が聞き返すのと、チャイムのメロディが鳴ったのはほぼ同時のことだった。誼も、微笑みを消して顔を逸らした。誼の視線の先を辿ると、体育館からがやがやと人が溢れ出してくるところだった。

「あ、入学式終わったみたい。じゃあ俺は戻るね」

「え」

「縁もオリエンテーションは出た方がいいよ」

縁が何かを言う間もなく踵（きびす）を返し、誼は図書館を出ていった。

今しがたの邂逅（かいこう）について何かを考えるよりも先に、机の上に放られるように落ちていた黒いブレスレットのような物が目に入った。さっきまではここにこんなものは無かったのだから、たぶん誼のものだろう。拾い上げると、シンプルな黒いレザーの輪は、ブレスレットにしては少し大きく、ネックレスとしては小さい中途半端なサイズだった。

「あー、どうしよう……」

反射的に拾ってしまった謎のアクセサリーを、縁は仕方なくポケットに入れた。

初日にあんな不可解な出来事があったものの、縁の高校生活は思ったよりは順調にスタートしていた。それはひとえに、あいうえお順の席並びがナ行とハ行で隣同士になったニオ、仁尾一由のおかげと言える。中学からの友人と同じクラスになれて良かった。

そのニオはどこに消えたんだろう。気まぐれなニオにはままあることだが、今日、ニオは昼休みからずっと姿を消していて、縁は暇を持て余していた。家には帰りたくなかったので、声を掛けてきたよそのクラスの男子生徒と二人で夕暮れの教室にいた。

縁は差し出されたスマートフォンを使って、机の上に座って自撮りをしていた。ほんの少し首を傾げて口角を上げ、シャッターボタンを押す。

「こんな感じでいい？」

数枚撮った写真を表示して手渡すと、男子生徒は真顔で写真を検分する。「うーん」と唇を窄めながら、縁にスマートフォンを返してきた。

「もうちょっと可愛い感じにできる？　上目遣いっぽくして、あと若干、暗いな。フラッシュ焚いた方がいいかも？」

「明るさは加工してよ。可愛い感じ……こう？」

注文通り今度は少し顎を引き、心持ち斜め上にスマートフォンを掲げて写真を撮り直した。

「あー、いいね。いいね。こんな感じ。ありがとー天使くん！」

「その写真送るの？」

「うん。助かるわマジで」

無邪気に喜んでいる彼は、アプリゲームで知り合ってネット上でやりとりをしている女の子に写真を送ってほしいとせがまれ、縁の写真を送ろうとしているらしい。

「別人ってバレたら、会った時まずいことになるんじゃないの？」

「いやいやぁ、いいの。どうせ会うことなんてないし。バーチャル上のアイコンみたいなもんだよ」

アイコンに赤の他人の姿を使うことに抵抗はないのか縁は素で疑問に思うが、別に構わないらしい。そんなものなんだろうか。

「持つべきものは顔の良い友だちだな。ほんとありがとう」

「あはは。別にいいけど、俺の写真使ったアカウントで犯罪は起こさないでよね」

「んなことしないって。ちょっと架空のイチャイチャを楽しむだけだよ」

「ふーん」

「じゃあ、約束のこれ」

男子生徒はそう言って、くしゃくしゃの千円札を二枚、縁に手渡してきた。割のいいバイトだなあ、とのんびりと考える。

「あ、でもさ、このことは内緒にしてくれよ」

「分かってるよ」

肩を竦めて縁が笑うと、男子生徒は一瞬真顔で縁の顔に見入って、それからつられたように笑った。

「優しー」

そんで可愛い、と言った男子生徒に、「どうも」と小首を傾げてお礼を言った。言われ慣れて上滑りしていく誉め言葉に苦笑いを浮かべながら、ふと、視界の隅に動くものがあった気がして、開いたままだった教室のドアの方に目を向ける。

誰かに見られていたんだろうか。そう思ったけれど、誰かに知られたところでまずいようなこともない。

ニオに電話したら出るかなあ、と思いながら、机からぴょんと降りて男子生徒にひらひら手を振った。

「またね、老川（おいかわ）くん」

「俺の名前知ってたんだ。バイバイ、天使くん」

天使くんは、割のいい仕事なのだ、本当に。

人に言えることも、言えないことも、お金をくれればにこにこ笑ってなんでもやってくれる、口が堅くて優しい天使みたいな男の子。そういう噂になっているらしい。

ループする前の人生で、それは噂ではなくて事実だった。

犯罪まがいのことや、売春もしていた。見境なく本当に何でもやっていた過去が実際にある。何故かと言われれば、単にそうしないと生きていけないと思っていたから。荒んだ家庭環境の中で、いつ放り出されてもいいように、出来るだけ金を持っていないといけないという強迫観念に駆られていた。でも今は、自分がそれほどの窮地に追い込まれているわけではないことを知っている。だから、「あんまりお天道様に顔向けできないようなこと」の範囲だって可愛いものだ。せいぜいこうやって誰かの代役を務めたり、嘘に加担したり、下世話なメッセンジャーをやったりする程度にとどまっている。この三周目の人生で、縁が身体を売ったことは一度だってない。

(なのに、この世の仕組みって不思議だなあ……)

便利屋みたいなことやパシリ業をしていただけだったのが、噂に尾ひれがついて、結局は、ループ前と同じ「天使くん」の渾名を授かってしまった。いちいち否定するのが面倒臭くて放っておいたら、そんなキャラクターが出来上がってしまったのだ。

本当は、こんな便利屋さんですら、しなくても生きていけることを知っている。恵まれた環境とは言い難いが、住むところや食べるものにまで困っているわけではない。普通のバイトだけで、どうにかやって行ける。それでもダラダラとこんなことを続けてしまうのはなぜだろう。

——それ、ヨリなりの自傷行為なんだね。

中学時代、ニオに言われた。

自傷かどうかは分からないが、必要なのは確かだった。俺って最低、と思うとき、安心に似た落ち着きを感じることがある。だけれど同時に、それを「馬鹿だねえ」と誰かに笑い飛ばしてほしい気持ちもある。

ニオに会いたい、と思って、電話を掛けたときだった。

繰り返すコール音を聞きながら何とはなしに行く手を見遣ると、昇降口に数人の人影があった。

一人は背の高い男子で、二人は女子だ。男子の立ち姿に見覚えがあって、目を凝らす。安念誼だった。屈託のない笑い声が響いてくる。何か貸し借りでもしたのか、「ありがとうー！」と跳ねるような明るいお礼の声と、「どういたしまして」とおどけ半分のわざとらしくかしこまった返事。王子様がダンスのお礼でもするみたいなポーズでお辞儀(じぎ)して、三人で笑い合っている。嫌な気分になるものを見た、と思った。薄暗い建物の中に一人立ち尽くしている自分と、鮮やかな夕焼けの中で同級生と笑い合っている安念誼。その落差はまるで、二人の人生の差を描き出しているように思えてたまらなかった。

またね、と、手を振り合って、女子二人がきゃあきゃあ笑いながら帰っていく。

(あれ、あいつは帰らないのか)

縁がいぶかしく思っていると、二人の同級生を見送った安念誼がゆっくりとこちらを振り返った。逆光になっていて、あっち側から建物の中がちゃんと見えはしないだろうに、安念誼と目が合ったような気がした。真顔だった。なんだか胸の中に冷たい空気が舞い込んだような気がして、息を殺す。

唐突にコール音が途切れて、雑音とともにニオの声が聞こえた。

「ヨリー、何？」

さっきまでの会話の続きのような切り出しに、呼吸を思い出して、ふうと息をついた。

「ニオ。良かった繋がって。今どこにいるの？　もう放課後だよ」

「あ、じゃあ鞄取りに行かなきゃ。昼休み、眠すぎて知り合いの家で昼寝してたら寝過ごしちゃった」

あっけらかんとした報告と笑い声に、海の底から引き揚げられたような気持ちになる。知り合いとやらがどこの誰なのかはわざわざ詮索しない。キリがないし。

「単位大丈夫なの？」

つられて笑いながら尋ねる。通話しながら視線を上げると、いつの間にか安念誼の姿は消えていた。

「怖……なんなんだ」

「何が？」

「いや、こっちの話」

さっきのあれは、縁に気付いていたのだろうか。

同級生と笑い合っている顔と振り返ったときの顔が別人のようで、なんだか悪い夢でも見ていたような気分になった。

それから、あっという間に二週間あまりが経った。

体育の授業は隣のクラスと合同なので、いつもは接する機会のない人とも強制的に同じ時間を過ごすことになる。その日は最後の授業が体育だったので、急いで着替えに戻る必要もなく、みんな思い思いの寄り道をしながら体育館から教室へ戻るところだった。このあとは清掃があって、清掃が終わればホームルームだ。ニオと一緒に寄った自販機でパックのジュースを選んでいると、少し離れたところから、小声の「天使くん」という単語が漏れ聞こえた。

「ねー、すごいねーヨリって有名人だったんだね。中学の中だけの話かと思ってた」

毒なのか称賛なのか、意図を図りかねるいつもの調子で言ったニオは、通り過ぎざまにちらちらと縁の顔を見て何か噂する、よそのクラスの生徒に向けてピースした。えっと声を上げた後、彼らは顔を見合わせて早歩きで去っていく。

「これ、『有名人』って言うのかなあ」

「えー、言うでしょ。『人気者』ではないと思うけど」

「悪目立ちってことかあ…」

そうだね、と明るく肯定されて、真剣に落ち込む気も失せていく。

「下手に容姿がいいとみんな気になっちゃって大変だ。あることないこと尾ひれがついて色んな話が出来上がってるんだろうね」

「まあ火のないとこに煙は立たないけどねー」

「自分で言っちゃうんだ！」

わはは、とニオは大きな口を開けて笑った。

「中学時代から思ってたけど、あんまり気にしないよね、ヨリって」

「何を？」

「いろんなこと」

ニオの物言いは漠然としていたが、言わんとすることは何となく分かった。普通はもう少し、悪い噂を立てられたら悲しむなり怒るなりするし、それ以上傷付かずに済むように立ち回るものなのだろう。

冷えたりんごジュースのパックにストローを差す。プツンという手ごたえを気持ちよく感じながら、のんびりと受け答えを考えた。

「…別に物理的に痛い思いするわけでもないし、まあ、たまにうんざりはするけどねえ」

「けど？」

「いちいち心を動かす方が疲れるというか、そんなことより眠いっていうか」

「諦めの境地なんだね」

「そんな感じ」

「なんかヨリって万事においてそんな感じだよね。死にさえしなければいいみたいな」

「かもね」

それ以上自己分析をするのも嫌だったので、適当に肯定して切り上げようとすると、ニオがまだ何か言いたそうな顔でじっと覗き込んでくる。物事を解析するような目はきらきらしていて、居心地が悪くなる。逃げるように目を逸らすと、人だかりを見つけた。

「なんだぁ、あれ？」

みんな制服をあまり気崩していないから同じ学年と見える。何かに盛り上がっていて、歓声のような悲鳴のような声が聞こえた。

縁につられて集団に目を向けたニオは、遠くの景色でも見るように手で目蔭を作って、「わお」と声を上げた。

「あー、あれって『王子様』だ。すごい、保健室から出てきただけでモテモテー」

「何それ」

「ヨリとは正反対の意味の『有名人』だよ。悪目立ちじゃなくて、普通に目立ってる『人気者』の『有名人』」

「どストレートパンチやめてよ」

よく見ると、たしかに集団は周りより頭一つくらい背が高い人物を取り囲んでいた。

「げっ」

まじまじと見てしまったことを後悔した。綺麗に伸びた背筋に、サラサラの黒い髪。その冗談みたいに整った横顔を、縁は知っている。

「あれ、ヨリも知ってる？　目立つよねーあの人、安念誼くん。誰が言い出したのか知らないけど、王子って渾名ぴったりすぎて面白いよ」

「王子…？」

「そー。確かに見た目も王子様っぽいけどー、練馬の安念総合病院ってあるじゃん。あの人んちの経営らしいよ」

それでかあ、と、ストローを咥えたまま縁はぼんやりと思った。先日、昇降口で遭遇した日のことをすぐに思い出す。王子様みたいな仕草でおどけていたが、あんなポーズが滑稽にならない、妙な品格があった。

余裕があるんだな、と思った。ああいう、バックグラウンドに恵まれている、本物の選良とでも言うしかない奴にしかない落ち着き。金銭的な心配をしたことがない奴にしか持ちえない、どこかのんびりとした、物事を楽しむ余白みたいなもの。それは他人の目には自信に見えたり、優しさに見えたり、明るさに見えたりする。およそ真逆の育ち方をした縁の目には、それはひときわ眩しく、かつ暴力的な圧を持って見えた。どこか根本的なところで、逆らえない、勝てない、と思ってしまう。

「ふーん、金持ちなんだ……」

ついさっき、飲み物一つ買うのに財布の中の小銭を数え直したばかりの縁は、りんごジュースをすすりながら、人垣の中にいる安念誼をじっとりとした目で観察した。

妙な出会い方をした安念誼のことをずっと気に掛けていたものの、あれ以来、意外にも、一度も向こうから接触してくることがなかった。

現実離れしてルックスが良く、人当たりも良い誼は男女からめっぽう人気があるらしく、クラスが違うのによく誼の名前を耳にした。いかにも成績学年トップです、という見た目のくせに、テストの順位は中の中らしい。しっかりしていそうに見えて、忘れ物が多いらしい。あんなに女の子にモテるのに、彼女がいたことがないらしい。笑い上戸で、何を言っても笑ってくれるらしい。

（まあ、人当たりがいいって、ただ他人に親切みたいなことじゃないもんね…）

ちょっとしたところで抜けていたり、だらしないところもあったりして、上手に他人に甘えて、甘えた相手には、その次の機会には目一杯尽くす。どうやらそういうのが飛びぬけて上手い奴らしかった。よく分かる。モテる人間というのは、何でもできる奴じゃなくて、甘えたり甘えさせたりするのが上手な奴だ。

でも――と、縁はそういう誼に関する評判を聞くたびに、訝しく思う気持ちを拭えないでいた。初対面のときに受けた印象とどうしても重ならなかったのだ。

「なんかあいつ不気味じゃない？」

「んえー？　そうかな……ああ、そういえばヨリってセレブ苦手だもんな」

「セレブって」

「やー、あながち言い過ぎでもないよ。だって、いわゆる地主みたいなやつじゃない？

安念病院だけじゃなくて都内にマンションとかギャラリーとか、一族でいっぱい持ってるって聞いた。お金持ちの気楽な末っ子なんだよ。なんでウチみたいなドパンピーしかいない公立高校にいるのか知らんけども」

「ええ？　いけ好かないオブいけ好かないアワード殿堂入りじゃん」

縁が顔を顰めると、ニオは腹を抱えて「何それ」と笑った。その拍子に耳を覆っていた髪が頬に落ちて、きらきらしたピアスが露わになる。

「おっと」

また先生に没収されたら困る、と口走りながら、ニオはピアスだらけの耳を髪で覆い直した。

「今更隠さんでもいいんじゃないのぉ」

「いーや、ダメだね。先日一軍のお気に入りを没収されたばっかりだから」

「え？　だって体育のとき耳全開だったじゃん。先生も普通に気付いてたと思うよ」

「えーっ、それは困る！」

きゃーっと芝居（しばい）がかった甲高い悲鳴を上げながら、ニオは手で両耳のピアスを隠した。その手にも、指輪やブレスレットがたくさん付いているのを見て、ふと縁は、ポケットの中のものを思い出した。入学式の日、誼が落としていったと思われる黒いレザーのブレスレットっぽいもの、もしくは短すぎるネックレスのようなもの。そのまま捨ててしまえば良かったのに、なぜだかこのアクセサリーが気になってそうすることができず、かといって、本人に返そうにも「とんでもなく嫌な予感のする奴」である誼にあえて自分から接触しに行くのも気が引けた。そもそも、誼は常に人に囲まれているので一対一で話せそうなタイミングがなかった。悪目立ちしているらしい自分があえてあの人垣の中に突っ込んでいく気力もなかなか起きない。そんな風にして、ぐずぐずとしているうちに一か月も経ってしまった。そういえば、制服のズボンに飲み物をこぼして、ジャージのポケットに避難させていたのだった。

ポケットの中に突っ込んだ手でそのアクセサリーを手繰り寄せながら、縁は思い付いてニオに話を振ってみた。

「ねえニオ、これって何だと思う?」

「んあ?」

ニオは、縁が目の前に差し出したレザーの輪っかを、じっと見つめて首を傾げた。

「どーしたのこれ。ヨリの?」

「や、違うんだけど……」

目を逸らして言葉を濁したヨリを見て、ニオは頭上に疑問符を浮かべた。

「これさぁ、ブレスレットにしては大きいし、ネックレスにしては小さくない？」

「あー、たぶんこれって……」

ニオが答えをくれようとしたのに被さるようにして、思いのほか近くから声が飛んできた。

「それ、俺のだ。君が見つけてくれたんだね」

いつの間にか集団から一人抜けて、諠がすぐそばにやってきていた。

「ひえっ！　あ、安念くん……！」

「そんなにびっくりしなくても」

思わず肩を跳ね上げて叫んだ縁に、諠は苦笑した。少し離れたところから、諠の取り巻き達がこっちを見ている。

「諠でいいよ、縁くん」

「え……」

「この前図書館で落としたっぽいね。拾ってくれたんだ、ありがと」

諠はお礼を言って、屈託のない笑みを浮かべた。笑うと目尻が柔らかく下がって、急に可愛い感じになる。人の心を惑わす小悪魔みたいだと思った。

「ずっと持っててくれたの？」

「う、うん」

困惑しながら答えると、誼はやけに嬉しそうに頬を紅潮させて「優しいね」と言った。

「いや、優しいっていうか、返すタイミング逃してたから。むしろごめんていうか」

「いや、全然。だって、これ君にあげようと思ってたから」

「は？」

反射的に聞き返すと、誼は微笑みを浮かべたまま、不意に縁の手首を掴んだ。

「聞こえなかった？　縁にあげるつもりだったの」

掴む手の思いがけない力の強さに、縁は息を呑んだ。いつの間にか「縁くん」から「縁」に呼び捨てになっていることに遅れて気付いたけれど、それを指摘するタイミングも逃してしまった。

――えっ。何。どうしよう、何これ。

冷や汗を掻いていると、蚊帳の外に押しやられていたニオが、ぺたんと誼の腕に触れた。

「待って安念くん、ヨリ、痛そうだから。いったん放してやって」

そこで初めて存在に気付いたように、誼は小首を傾げてニオを見た。

「あー、ごめんね。勢い余っちゃったかも」

ぱ、と音がしそうなほど大袈裟に手を放した。

「君のことも知ってる。自由人の仁尾一由くん。いつも楽しそうでいいよね」

「どーもー」

ニパッと笑ったニオの顔を見てから、誼は自分の取り巻き達に軽く手を振った。

「ごめんね、みんな先に教室帰っててくれる？　あ、ちゃんと掃除も参加するから。今日は！」

今日は、というところで取り巻きからくすくすと笑い声が起こった。たまに縁が向けられる心臓がひやりとするようなそれではなくて、「しょうがないなあ安念くんは」とでもいうような親愛に満ちた笑いだった。

「てわけで、仁尾くんもごめんね、ちょっと縁と話したくて。借りてっていい？」

「えっ」

縁とニオが何かを言う前に、誼はもう一度縁の手を握った。

「いいよね？」

「なんでヨリじゃなくて俺に聞くの？」

ニオの真っ当な質問に、誼は一瞬「あ」という顔をしたあと、すぐに人懐っこい笑顔に戻って言った。

「あはは、確かにそうだった。ごめんね縁」

——でも手は離さないんだ。拒否権ないじゃん俺。

そうは思うものの、完全に誼のペースに飲まれて抵抗する隙がない。助けてニオ、と親友の顔を見るが、こういうときに空気を読んで期待通りに動いてくれるような奴なら、自由人とは呼ばれていない。ニオはきょとんとした顔で成り行きを見守っていた。

「わかった。また後でねヨリ！」

目の前の展開が腑に落ちているはずがないのに、ニオは子供みたいに手のひらをこっちに向けて、ひらひらと振った。

「うう、ニ、ニオ……」

謎の輪っかを手に持ったまま、その持ち主にがっしりと手を握られてどこかに連れ去られるという、謎の状況になってしまった。

困惑する縁を振り返りもせずに、縁の手を握ったまますたすたと誼は歩いていく。

「ねえ、どこ行こうとしてる？」

さっきまではあんなにニコニコしながら喋っていたくせに、人目に付く場所から離れた途端、周りの気温が下がったと錯覚するような、冷めた横顔に変わった。ほら、やっぱりそうだ、と縁は思う。

「さあ？　縁はどこがいいと思う？」

振り返って、意地悪そうな微笑みを浮かべながら誼は言った。

「あのさぁ……」

「うん。なーに、縁」

「すごい馴れ馴れしいな……いや、別にそれはいいとして、安念くん」

「誼でいいってば」

「下の名前で呼ぶほど仲良くなった覚えないし」

「これから仲良くなるからいいの」

「めちゃくちゃ強引じゃん……」

あ、こいつ人の話聞かないタイプだ、と短いやり取りの中で察した縁は、早々に抵抗するのを諦めた。同じく話を聞かないタイプであるニオのおかげで、無駄に精神を消耗しない会話の仕方を身に付けている。

「単刀直入に聞くけど、俺なんかに何の用？　さっき聞いたけど、金持ちなんでしょ。そもそもなんでうちみたいな取るに足らない公立高校にいるの？　あんたも将来医者になるんじゃないの？」

入学式の日といい、何か自分に用事があって絡まれているのなら、少しでも早く解決して縁を切りたかった。殺される夢の中の男と重ねてしまってから、誼を見るたびに妙な胸騒ぎがして落ち着かないのだ。

「えー冗談言わないでよ。医者とか……俺はそんなに勉強頑張りたくない。というかできない。だらしないし。言っちゃうとね、今それで親と揉めてる最中」

なぜかドヤ顔を浮かべて「だらしない」と自称するその態度は演技めいたものには見えなくて、拍子抜けした。

「――って言っとけば、ギャップと親近感でモテるんだよ。あと、異性にモテても同性の敵を作らない」

「うわ」

「だから事あるごとに周りに助けてもらえて、楽して生きられる。皆からは医者一家の放蕩息子って言われて愛されてるよ」

他人事のように、人ってギャップに驚くくらい簡単に騙されるよね、と、肩を竦めて言った。そうやって人を馬鹿にしながら生きているのだ。嫌な奴だと思った。

「でも縁、君だって人気者でしょ。ある種の」

「ある種のって……」

「入学式の日は聞きそびれたんだけど。やっぱり君の噂って本当だよね？　天使くん」

ふいに立ち止まり、期待に満ちた目で覗き込まれて、縁は一歩後ずさった。

「この前さ、写真あげてたよね。うちのクラスの老川くんに」

「は……？　あ、あれ見てたの？　あんただったのか、あの視線」

どうして強引に連れて来られたのか謎に思っていたけれど、誼も縁に何か依頼したいのかも知れないとようやく合点がいった。

「お金さえあげれば、人に言えないようなことでも嫌な顔ひとつせずにこにこ何でもやってくれる『天使くん』でしょ？」

そう言って、誼は後ずさる縁を逃がすまいとでもするみたいに、握ったままの手に力を込めた。ぐい、と手を引き寄せられて、バランスを崩す。

「ちょっと…」

気が付けば、図書館に辿り着いていた。どこがいいと思う？　などと聞いておきながら、最初からここに連れてくるつもりだったのだと、ようやく分かった。この時間は人がいないから。

「君の渾名って誰が付けたのか知らないけど、よくできてるよね」

機嫌良く縁を引っ張りながら、誼は鼻歌でも歌うみたいに言った。

顎に掛かる長めの金髪に二重瞼の大きな目、細身の身体に白い肌。いつも面倒臭そうにしているわりに話しかけると人懐っこく笑う、天使じみて可愛い男の子。その記号でそれなりに人から好かれはしたが、先述の通り、「天使くん」という渾名はそれだけでついたものではない。

　お金さえあげたら、嫌な顔ひとつせずに何でもさせてくれる。その噂によって、さして年の変わらない他校の人間から、売春のような話も持ち掛けられることが増えた。半分は容姿の誉め言葉であって、もう半分はそういう揶揄なのだ。

「なんでもやるの？」

「なんでもじゃないけど、大体はね」

「どうして？」

「だって、生きてくにはお金がいるし」

　とりあえず、そう答えた。それが他人には分かりやすいと思ったからだ。それに嘘ではない。

　生まれた時から父親がおらず、母親は、ほぼ失踪していた。仕方なく縁を置いてくれている親戚夫婦は縁の母親を心底軽蔑していて、母親と容姿の似ている縁のことも、重ねて嫌っていた。だから、必要最低限のこと以外で彼らを頼ることができず、自分で出来る限り稼ぐ必要があったのだ。暴力を振るわれることはなかったが、食べ物が用意されないことはあった。だから、出来るだけ体力を消耗しない、物事を出来るだけ気にしないようにする生き方が身に付いた。

「その結果こんな風になってるって、君って、生きるの下手じゃない？」

押し込まれるようにして、いちばん奥の席に座らされた。長机はぴったり壁にくっつけて置かれている。逃げ場はないなあと思い、縁は抵抗するのを諦めた。

「まあ…俺バカだからね、普通に」

縁を閉じ込めるように隣の椅子を引っ張り出して、諠は腰かけた。

「『王子様』はどこ行ったの？」

「あはは」

「うわ、笑って誤魔化(ごまか)した」

サイテー、と呆れる縁に、諠は机の上に頬杖を突いて、「ごめんね」と甘い微笑みを浮かべて言った。

「みんなこれで許してくれるんだよ」

「俺にそれを使ったあと速攻でバラす意味は？」

「特にない。君で遊んでるだけ」

「……」

変な奴に捕まってしまった、と思った。早く教室に帰りたかった。

「あ。そういえば、これ」

廊下で遭遇してから持ったままだったレザーの輪っかを、詛の目の前に突き出した。

ああ、と頷いた詛は、受け取ったそれを指先でくるくる回して言った。

「いつ持ってきてくれるのかなって思って楽しみにしてた。まさか一か月も来てくれないとは思わなかったけど……」

その言い草に縁がむっとしたのが伝わったのか、詛は弁解でもするように小さく肩を竦めた。

「でも、さっきも言ったけど、これは君のだよ」

「ええ？」

「縁にあげるって言ったよね。拾ってもらえるようにわざと置いてってたんだ」

「えっ。いらないよ。大体これ、何？　ブレスレットにしては大きいよね？」

「あー、そうか。そうだよね、使い方分からなかったよね」

詛が「使い方」という妙な言い方をしたことに引っ掛かりを覚えたのと、ほぼ同時のことだった。

「こうやって使う」

首に両手が伸びてきて、息を呑んだ。あの殺される夢の映像が脳裏（のうり）をよぎって、目をぎゅっと瞑る。しゅる、と擦れるような音がした。

「首輪だよ」

首の後ろでパチンと金具を留める音がした。

「ほら、似合ってる」

「へ……」

「これは君用の首輪なの。少し緩いね。細い首だなあ」

縁の首に巻いたそれに、誼は指を引っ掛けて、くい、と引っ張る。

「縁、君と同じ学校になるの楽しみにしてた。ほんとは、入学式の日が最初じゃない」

「え？」

「中学の頃にね、『天使くん』を見に行ったことあったんだよ。同じ学校の先輩から縁の話を聞いて……それで、一目見て、この子にしようって思ったから」

「何それ……って、引っ張らないで」

チョーカーを力任せに引っ張られて、細いレザーが首の後ろに食い込む。腕を突っ張って抵抗しようとしたら、手を掴まれて、壁に押さえつけられた。

「かわいい」

唇に、ちょんと触れるようなキスをされた。

何かの間違いかと思う間に、今度は唇を舐められた。閉じた口の端から端まで、尖らせた舌先が辿り、唇をこじ開けようとする。

「ちょ……、んぅ、う」

上唇に噛み付かれる。思いがけない強さで歯を立てられたことに驚いて口を開くと、舌先が入り込んできた。舌を引っ込める間がなかった。ぢゅ、ぢゅ、と、水音が立って、耳が熱くなる。

「ンん……」

いつの間にか首輪から誼の手は離れていて、縁の頭の後ろをしっかりと掴んでいた。片手は壁に押さえつけられたままだ。どうにか手を引っ込めようとすると、「逃がさない」とでも言いたげに、指の間に指が絡んできて、痛いくらいに力を込めて握られた。

「ふ…、」

どういうこと、なんで俺、こんな恋人みたいなキスしてるんだろうと思いながらも、うまく頭が回らない。れろ、と舌の裏側をくすぐられて、喉の奥から甘ったるい声が漏れる。首筋がぞわぞわして、力が抜けそうになる。

もうなんか考えるの面倒臭い、と、思い始めたとき、誼が離れた。同時に繋がれていた手も離される。

「……な、何？」

　少しぼんやりしたまま尋ねると、胸に一万札を押し付けられた。

「何これ…」

「お金あげたら何でもしてくれるんでしょ。俺の天使になってよ」

「は……」

「ねえ、遊んでくれるでしょ？」

「え」

「でも、ちゃんと分かった、見てたら。君は何をされても絶対他言しないんだろうって。そうやって得することが何もないこと、心底よく理解してる奴だって」

　縁が押し黙ると、汗で額に貼り付いた縁の前髪を、誼は指先で丁寧に整えながら甘えるような声で言った。

「あとね、仁尾くんみたいに、多少強引にした方がこっちのペースに流されてくれるって確信できたから」

「……め、」

　乱れた呼吸が戻らない中、やっとのことで声を絞り出す。

「めちゃくちゃ性格悪いじゃん……つまり俺におもちゃになれってことでしょ」

「うーん、そうかも」

何がおかしいのか、あは、と声を出して誼は笑った。気の抜けるような笑い方だった。

「……子供みたい。それが素の笑い方なの？」

「さあ、どうかなあ？」

「周りに嘘つきすぎて何が本当なのかも分からなくなってるの？」

棘を込めて言ってみたが、ふむ、と考え込むように目線を下に落とした誼は怒るそぶりも見せなかった。

「…誼」

「あ、やっと名前読んでくれたね」

その余裕ぶりに反感を覚える。縁の気を引きたいと言うくせ縁のことなんてまるで目に入っていない態度に、不愉快そうな顔の一つでもさせてやりたくなった。

「もしかして割としんどいんじゃないの？　キャラ作ってるの」

さすがにチクリと刺された感触を覚えたらしく、目だけで縁の顔を見た。ようやく誼のペースを崩せたことに満足感を覚えて、ちょっとした嗜虐心が湧いた縁は、ふふ、と笑って追撃をした。

「元々は楽するために被った猫を、どう脱げばいいかわかんなくなっちゃってたりして。

優しい天使くんに助けて欲しくてわざわざこんなことしてるとか……」

その質問が思いがけなかったのか、縁がやり返してきたのを意外に思ったのかは知らないが、誼は目をぱちくりさせて縁を見つめた。さっき強引に舌を入れてきた男と同一人物とは思えないほどあどけない顔だった。

「あっはは！」

やっぱりこの笑い方が素のようだ。声を立てて笑うと、無邪気な少年のようだった。

かわいいところもあるんだ、と、縁が流されそうになった瞬間、ふいに顔を両手のひらで挟まれた。

「俺の天使」

焦点が合わなくなってぼやけるほどの至近距離で、誼は嬉しそうに呟いた。ゆっくり、音もなく、押し付けるだけのキスをされた。一度目は軽く。そして、気のせいでも気まぐれでもないと宣言するような二度目を、窒息するのではないかと思うほど長い間。

「縁。俺、縁のこと好き」

その瞬間のことだった。心臓の位置がズレたのかと思うような、ドクン、と揺れる感覚があった。「好きだよ」と誼に言われたのがスイッチになったように、頭の奥でぎゅるぎゅると歯車が回り出す。頭の中に、フィルムが高速で巻き取られていくみたいに映像が再生される。

——俺、こいつに殺された。二回も。

高校の入学式から死ぬまでの記憶が、二通りある。二回とも同じ死に方をしていた。あの悪夢の内容は、記憶の欠片だったのだ。どうしよう。三度目も、また同じ奴と、同じ出会い方をしてしまった。

一度目の人生で、誼と泥のような共依存恋愛に陥った。初めて身体の関係を持った日、海で殺された。そうして何故か、次の記憶はまた高校の入学式から始まる。誼とのことは完全に忘れていたのに、誼に会うたびに、パズルのピースがはまっていくように記憶を取り戻していく。

（そうだ、俺——）

前世と同じ展開にならないように、誼を避け続けて生きたのに、最後の最後まで「殺される」という肝心の記憶を思い出すことができなかった。逃げようとすればするほど誼は縁に執着し、苦しかったはずなのに、結局は絆されて、また同じ海で殺される。

そこから、記憶が先日の入学式まで飛んでいる。

そうしてやっと、自分の置かれている状況に縁は気が付いた。

つまり、死ぬと高校の入学式まで時間が巻き戻るのだ。

あの日、目の前に立って微笑んだ詛を見て反射的に恐怖を感じたのは、頭が忘れていても、身体が、もしくは魂が、覚えていたのかも知れない。

「どうしたの、縁？」

出会ってはいけなかったのだ。

まるで心臓が喉元までせりあがってきたみたいに、ドクドクと激しく脈打っているのを感じる。恐怖と同時に、胃の底から重たくて甘ったるい感情が身体の中を支配する。

駄目だ、俺、この男のことを好きになってしまう。

あまりに唐突で、けれど確信めいた予感に、縁は頭が真っ白になった。

「……返す」

握らされた一万円札を詛の手に押し返す。返されるとは思っていなかったらしい詛は戸惑い、隙ができた。詛の不意をついて縁は椅子を蹴った。

「えっ。どこ行くの？　えっ。どこ行くの？　縁？　待って、縁」

背後から飛んでくる声から逃げるように、呆気に取られた詛を置き去りにして図書館を後にした。詛の手で付けられた首輪をそのままにしていることにも気が付かなかった。

教室に戻ったあとニオと何を話したのかよく思い出せない。縁の首に巻かれた首輪を見たニオに、「そのチョーカー似合ってるね」と屈託なく言われて、初めて我に返った。

チョーカーだったのか、と今更思った
その日を境に、縁の不眠症は劇的に悪化していった。

どうやら、誼は自分が時間をループしていることは知らないようだった。誼との接触を避けるようにして動くものの、どういう巡り合わせなのか、上手くいかない。なぜか委員会が一緒になる、授業をさぼって惰眠を貪ろうとした先で遭遇する、果ては、縁が金を貰って「仕事」をしている現場に現れて邪魔をされたこともあった。

どこまでが偶然で、どこからが誼の計算なのかは縁には判断がつかなかった。縁が露骨に避けようとすればするほど、誼はそれをゲームのように楽しんでいる節があり、「見ーつけた」というのが誼の口癖になった。

ある日の昼休み、食事を取る元気もなく疲れ果てて無言で机に突っ伏す縁に、さすがにニオが見かねて言った。

「もうやめてって言えばー？」

「何を…」

「安念くんに、鬼ごっこやめようって言いなよ」

「いや、鬼ごっこじゃないから」

のっそりと上体を起こすと、縁の前の席に逆向きにまたがったニオが、ぽんぽんと縁の頭を撫でた。

「すごい隈だよ」

「うん…」

寝てないからね、と素直に言うと、さしものニオも眉をハの字にしながら椅子の背もたれに顎をのせた。その猫じみた仕草に少し癒される。

「俺に構うのやめてとは言ったよ。何回も言った。でもさあ」

「でも？」

「そうすると、『やだ♪』って、すっごいご機嫌で言うんだよ、あいつ。俺が困れば困るほど喜ぶの。それに、どこまで計算してやってるのかわかんないけど……確かに追っかけられたなってときもあるんだけど、ただの偶然としか思えないときもあって……。俺と遭遇して素でびっくりした顔してるときあるし」

「運命なんじゃない？」

「やめてよぉ〜〜…」

半泣きの声を上げながらワッと突っ伏す。机に伏せた縁の首の後ろを、ニオは指先でちょんちょんと突いた。

「その割にはこのチョーカーずっと外さないよね」

「……一回捨てたんだよ」

　机の奥に突っ込んでそのままになっていたのを思い出してゴミ箱に捨てたところを、誼に見つかったのだ。誼は「ひどいなあ」と全然傷付いていなそうな顔で言ったあと、ゴミ箱から首輪を拾って、しげしげと眺めた。

「それで、あいつなんて言ったと思う？」

「さあ。想像もつかん！」

「『君がよく眠れるようにおまじないかけたから、まだ捨てないで。騙されたと思って、もう一回だけでいいからこれ付けてみて』って」

「で？」

「もうあまりにも寝れてなくてやけくそになって、その日、これ巻いて寝たの」

「そしたら寝れちゃったんだ？」

「そう…」

　首輪をして寝れば必ず眠れるというわけでもないのだが、していない日に比べると、何故か眠れる確率が上がるのだ。

「それで安眠のお守りになっちゃったの」

「そんな感じ……」

ここまで、前世と前々世のループとはまったく異なる展開を辿っていた。記憶では、もう今の時点では詛と恋愛関係になっていた。それが三度目の今、詛は鬼ごっこを楽しんでいるほかは、たまに性的な悪戯をしてくる程度で、正直言って拍子抜けするくらいだった。相変わらず外面は完璧で、安念詛が実は猫を被っためちゃくちゃ最低の奴だと公言したところで、誰が信じるだろう。彼が縁に意地悪していると認識しているニオも、「俺あいつに殺されるんだ」と言ったら笑うだろう。

今や詛は、何かとみんなの見ている前で縁に絡んでくるようになり、すっかり仲良しだと思われていた。

だから、縁自身でさえも、この距離感であれば今までのようなことにはならないのではないかと油断しきっていた。

高校二年の夏のことだった。ニオが夏の交換留学のプログラムで中国に行くことになり、夏休みが始まると早々に姿を消していた。縁は例によって家には居づらく、かといって体調も良くないのでバイトも入れられずに、平日だけ解放されている図書館に涼みに行くことにしていた。

夏は苦手だった。彩度が暴力的に高くて、やけに音が耳につく。あと少しで図書館に辿り着けるのに、具合が悪くなってきて、もう一歩も歩きたくない心持ちになっていた。スマートフォンの時間を見ると、もうすぐ昼になるところだった。

内臓から茹で上がりそうな湿気と気温は、この地上が逃げ場のない地獄の窯の底みたいに思えてくる。まるでここがすべての生命のクライマックスで、世界がぶつ切れになっているような気がする。サイレンの音。ストロボ状に明滅(めいめつ)する生と死の気配。

「なんか、何もかもが非現実的……」

強すぎる日差しのせいで頭がくらくらしていた。植木や建物の影になっているところと日向がくっきりと区切られていて、そこから別の世界に見える。白飛びしそうな視界の中で、木の根元に座っているのが誼だと気付いたとき、その白と黒の境界にいるのがあまりにも似合っていて、縁は「あはは」と声を立てて笑ってしまった。

「縁。何笑ってるの」

挨拶もなしに、ついさっきまでの会話の続きのように誼は尋ねてきた。いつもの人懐っこい笑みは浮かべていなかった。

「やっぱり、お前その顔の方がしっくり来るよ」

「そう」

にこりともしない。お愛想はどこ行ったんだよ、と思うが、面倒臭くて、わざわざ口に出す気にもならなかった。

「仁尾くんはどうしたの」

「はは。知ってるくせに。交換留学のプログラムで海外だよ」

「意外だ。あの人そういう意識高い系には見えないけどな」

おいでよ、と言って、誼は縁の手を引っ張り、木陰に引き入れた。正直立っているのもしんどかったので、引っ張られるまま、芝の上にすとんと膝をついた。

「ニオはゲーム好きだから。交換留学先の廈門ってとこ、クオッカっていう有名なメーカーの中国本社があるんだって。あいつ校内選考の結果もぶっちぎりで一位だったんだよ」

「そうなんだ。頭いいんだね」

「頭良すぎて他がぜんぶダメなの」

「随分嬉しそうに言うね」

「まあね」

誼が苛々してきているのを感じて、縁はわざとにっこり笑って言った。誼が嫉妬らしき感情を滲ませて、自分の言動に振り回されているのを見るのはなんだか異様に気分が良かった。

「いいよ。まあ、それで」

　誼は感情を押し隠すように目を伏せて言った。

「何がいいの？」

「仁尾くんが君のそばから離れるのをずっと待ってたから」

「え」

　痛いくらいの力で腕を引っ張られたと思ったら、背中と後頭部に鈍い衝撃があって、視界がぐるりと回った。腕を地面に押さえつけられて身動きが取れない。スマートフォンが頭の上に転がる。ほんの一瞬でのしかかられていた。

「はは、本当に隙だらけだよね縁って。仁尾くんさえいなかったらこんなに簡単なんだ」

「ちょ……」

「ほんと邪魔だったよあの人。隙がなかった。今みたいに、君が本当に調子悪そうなときとか、落ち込んでそうなときとか――手を出せそうなときに限って仁尾くんがぴったりくっついててさ。どこまで分かってやってるのか知らないけど。ようやくいなくなってくれて清々した」

　言いながら、誼は縁の耳を指でなぞり、強く引っ張った。

「痛……！　やめて」

「やだ」

低い声で短く言って、誼は眉をひそめながら意地悪な笑みを浮かべた。

「だけど、ああいう人で助かった。仁尾くんは君のことが世界でいちばん大事なわけじゃない。いつも楽しいことを優先してるだけ。縁自身も、そのくらいの方が気楽でいいやと思ってるでしょ？　君、根っから誠実な奴とは一緒にいられないから」

引っ張られた耳がじんじんと熱くなってくる。押し倒されて痛いことをされて焦っているはずなのに、やっと誼の本来の姿を見た気がして、心のどこかで納得していることに驚いていた。

「大事にされてると苦しくなる。君自身が、相手のことも自分のことも大事にできない奴だから。雑にされてもまあいいや。見捨てられてもまあいいや。愛されなくてもまあいいやって、そう思える人じゃないと安心できないでしょ？」

「な……」

いきなり勝手なことばっかり言うな、と言おうとして開きかけた口を、紙のようなもので塞がれた。

「はい。君の大好きなお金だよ」

見下ろしてくる誼の目は怒って興奮しているようでもあり、ひどく醒めているようでもあった。

「お金で遊ばれて、利用されて、襲われても、しまいには――『殺されてもまあいいや』になって死ぬまで、ずっと君はそうなんだろうね」

「ン、ンン…」

　誼は縁の焦って身じろぐ様子に満足したのか、余裕を取り戻して縁の口を押さえていた手を除けた。そのまま、縁の首輪に指を引っ掛けて、ほんの少し口角を上げて見せた。

「縁のそういうところ、俺にはすごく都合がいいんだよ。俺は縁が欲しいからさあ。こうやって、こんな簡単な暗示まで受け入れてくれた。俺のことは嫌いなはずなのにね」

「ちょっと、苦し…」

「俺に殺されても『まあいいや』にしてくれる？」

　ぐ、と首を強い力で絞められた。どうして、と思う間もなく、何度も悪夢の中で見た光景が、網膜（もうまく）に蘇（よみがえ）った。視界がチカチカしてくる。生と死をこの人間の指先一つで操られてしまうことに、今の今まで気が付かなかった。

「やめ…、」

「かわいいなあ、ほんとにかわいいね、縁」

　感極まったような声で誼が言った、その時だった。

縁の頭上で、スマートフォンが突然振動し始めた。

「……！」

誼ははっと目を見開いた。それから、二度ほどまばたきをして、傍らのスマートフォンを見る。顔を顰めて、はっきりと舌打ちをした。

「信じられない」

興をそがれたように縁の首から手を離すと、溜息をついて身体を起こす。

放心して動けずにいる縁の頭上に手を伸ばすと、スマートフォンを億劫（おっくう）そうに手繰り寄せた。

「いないくせに、どこかで見てるの？　あの人」

まだ諦め悪く振動しているそれを縁の手に押し付けて、吐き捨てる。

「相棒の仁尾くんから電話だよ」

「えっ……」

「出なくていいの？」

拗（す）ねた子供のような声で、誼は縁の手元のスマートフォンを睨んだ。その豹変（ひょうへん）ぶりについて行けず、縁はニオからの電話を取り損ねた。

とても演技には見えなかった。ここまでのすべてを、たぶん誼は本心のままにやってい

る。ニオに嫉妬し、独占欲を剥き出しにし、本気で縁の首を絞め、そして縁とのやり取りを邪魔されたことに素で臍を曲げている。何がなんだか分からなくて、でもこういう支離滅裂さが安念諠なのだと、縁は泣きたいような気持ちになった。

やっぱり、逃げなければだめだ。油断したら死ぬ。今度こそはちゃんとやろうと思った。ちゃんと逃げ切って、できる限り自由に生きて、できる限り幸せに死ぬ。

高校を卒業したら絶対に諠から離れる、秘密のうちに離れる、と縁は固く心に決めた。前世では都内の大学に進学したせいで諠から離れることができなかったからだ。

高校生活の間をどうにか乗り切った縁は、卒業と同時に誰にも行き先を言わずに東京を離れた。ニオにさえ行き先は伏せた。就職先について口を閉ざす縁にニオはあれやこれやと聞いてきたが、「言えない理由がある」という一言であっさりと引き下がった。ずっと、意識的にか無意識的にか知らないが、縁をそばで守ってくれたニオに、これ以上迷惑をかけたくなかった。ニオのことが嫌いらしい諠にニオが傷付けられるのは避けたかった。

それから、縁が何度も色んな仕事をクビになり、色んな土地を転々としている最中にひょんなことからニオに再会するまで、六年もの時間が経っていた。そこから一緒に住むようになって四年。その間、諠には一度も遭遇することがなかった。

3、これからのこと

諠のアパートに持っていく荷物を箱に詰めながら、高校時代からのことを思い返していた。持っていくものは少ないのに、作業は遅々として進まない。

思えば、十年間も諠に遭遇することがなかったことの方が、不自然だったのかも知れない。うまく行き過ぎていた。その間、もしかしたら諠は別のおもちゃを見つけたのかも、という想像が頭をよぎらないでもなかったけれど、諠の執念深さはたぶんこの世でいちばん縁が良く知っている。あっさり執着先を変えるような奴なら、誰かを追い詰めたり殺したりするようなことにはなっていないだろう。

そして、今日もどういうわけなのか、諠は当たり前のように縁とニオのアパートに来ていた。逃げないように監視されているのかも知れない。どうせ逃げたところで行く当てもないことも知っているくせに。同じ空間に居られる間ずっと警戒のアンテナを立てている縁の方は呼吸をしているだけで疲れるし、胃が重たくなってくる。定期的に手元の物を諠に投げつけたい気持ちになる。

「縁、荷造り終わった?」

「んー」

　できるだけまともに会話しないようにしている。

　一緒に住むとは言ったが、仲良くするとは一言も言っていない。そんな縁の態度などはおかまいなしに、誼はご機嫌で話しかけてきた。

　人の家のキッチンを勝手に使い、何やら鼻唄を歌いながら料理していた誼は、リビングを覗き込んできて「うわ」と言った。

「さっきからほとんど変わってない」

「うるさいなあ。俺は物少ないからそんなにキリキリやらなくていいのー」

「無職は時間がいっぱいあっていいね」

「ぬう〜〜…」

　にこにこしながら毒矢を放ってくる誼を、縁は口をへの字に曲げて睨んだ。

「お前はじゃあ何でここにいるんだよ。今日金曜じゃん。仕事どうしたんだよ。ていうか何でこの家の場所知ってるんだよ」

「質問は一個ずつにしてくれる？」

　誼はやれやれと肩を竦めた。

「むかつくー！」

「ふふ。やっとまともに会話してくれる気になったの？」

そう言われてはっとした。

しまった。うっかり馴れ合いみたいなやりとりをしてしまった。思わず顔を顰めて、縁は手で口を押さえた。

「あはは、アラサーの男とは思えない会話レベル」

「笑い事じゃないから」

「はいはい。じゃあ一個ずつ答えるけど、俺は縁の荷造り手伝おうかなと思って来た。今のところ邪険にされてるけど。俺の仕事は呼吸器内科のお医者さんで、親が持ってるクリニックの一つで働いてる。金曜は丸々、土曜は午後から休み、あと日曜は休みだったりそうじゃなかったり。ちなみにこの家の場所は、この前仁尾くんに直接聞いた」

「ニオに？　いつの間に…」

「そんな顔しないで。別に仁尾くんに変なことは言ってないよ。君に恨まれたら嫌だし」

「え。俺に恨まれてないと思ってるの？」

都合の悪いことは聞こえない耳らしく、諠は鼻唄を歌いながら縁の言葉を聞き流した。

「当の仁尾くんはどこ行ったの？」

「さあ。二、三日姿見てない。もう向こうに住んでるかも」

「ふうん、一緒に住んでてもそんな感じなんだ」

「そうだよ。ニオはもともとそう」

四年も一緒に住んでいたのに、ニオとの同居の解消は一瞬だった。ニオは家具や持ち物のほとんどをあっさり捨ててしまい、縁は、そもそも物が極端に少なかった。

交友関係が広くて入れ替わりの激しいニオの世界を、縁は知っているようで全然知らない。対人への価値観は持ち物と基本的に同じだろう。「ヨリ」という友達についても、同じように、ニオの世界の中で新しい何かと入れ替わっただけだ。

「かわいそうに」

「何が?」

誼の物言いは、縁の癇に障った。

「だってそれだと淋しいでしょ、縁は」

「別に。仕方ないよ。どっちかというとニオがそういう奴だから四年も一緒に住めてたってとこもあるし……」

なんとなく目を逸らして言ったが、それは本音だった。

「それに、高校の時お前も似たようなこと言ったじゃん、俺に。いつ終わってもまあいいやで終われる関係しか俺には作れないって。悔しいけどたぶん当たってるよ」

「あ。よく覚えてたね」

「そりゃ忘れらんないよ。あのときお前に首絞められたし、俺」

「それを本人を前にして普通に口に出せるところが縁だなあ。流され体質の究極体っていうか、案外神経が太いっていうか……色んな意味でおおらかなんだね」

口元を軽く握った拳で隠して、誼は心底おかしそうに笑った。好き勝手に批評されて、縁は横目に誼をねめつけた。

「殺されてもいいほどおおらかではないからね」

「いや、ごめんね。殺すつもりなんてなかったよ、もちろん」

「はぁ…どうだか」

「まあ、それはそれとして。あの時君に言ったことは俺の本音だけど……半分はちゃんと伝わってて、半分は伝わってないような気がするよ」

「どういう意味？」

「うん。ねえ縁、君って仁尾くんみたいな人としか一緒にいられないのに、結局仁尾くんみたいな人じゃダメなんだよ。たぶん自分で思ってるよりもずっと淋しがり屋だから」

「……は？」

唐突に重大なことを言われたような気がして、縁は眉を寄せて誼をまじまじと見た。

「俺と一緒にいる方が、縁は良く眠れると思うよ」

「何を…」

「だってほら、これってそういうことじゃないの？」

誼は喋りながらすたすたとやってきて、縁がぽいぽいと荷物を投げ入れていた箱から懐かしいものを引っ張り出した。

「この首輪、十年も取っといたの？」

「あ、それは…！　ちょ、待って、見ないで」

「遅いね。見つけちゃったものはしょうがない」

なんて目ざとい奴なのだろう。気まずいものを見つけられて、縁はこめかみに汗をかく。

「健気（けなげ）だなあ。ニオくんさえ置いて俺から逃げたのに、この安眠のお守りは捨てられなかったの？」

「…それが近くにあると、ほんとに、多少…寝れるから」

「ほらね」

誼は得意げな笑みを浮かべて縁の顔を覗き込んだ。

「俺の言葉は君に効くんだよ」

「………」

「都合が悪くなると黙るの、君の悪い癖だねえ」

「お言葉ですけどぉ、お前だって自分に都合悪い話はスルーするじゃん」

言っているそばから、「はいはい」と縁の話を聞き流して、誼はキッチンへ消えて行った。

言い負けそうになると姿をくらますだなんて。

（小学生か……）

無駄にプライドが高いのだろう。心底面倒臭い奴だと思った。

大丈夫。この分なら好きにならない。

恋に落ちたらゲームオーバーの人生ゲームで、再々チャレンジのこのステージ。なんだか一度目と二度目とは展開も、安念誼という男の印象もずいぶんと違っていた。何を考えているのか分からないサイコパスじみたところは共通しているが、前はこんな子供っぽい感じではなかった。ひたすら甘ったるい毒のようで、静かで。気が付いたら頭から爪先まで沼に漬かっているような、そういう男だったはずだ。

二回も恋をしたのに、もしかしたらこの男のことを少しも分かっていなかったのかもしれない。

それが淋しいことなのかどうか、縁にはよく分からなかった。今までずっと、そういうことは考えないようにしてきたから。

「みんな、難しいことばっかり言うよね」

誰にも届かない不平を口の中で転がすように呟いて、縁は膝を抱えた。

「季節に合った服があって、ご飯を食べて、あったかい家に帰って何の不安もなく寝る。それだけが人生の幸福なんじゃないのかなあ？」

家主のいない家のリビングで誰へともなくそう尋ねると、なぜだか自分がとんでもない馬鹿か嘘つきのように思えてきた。

ふいに、キッチンの方から声が飛んできた。

「そういう哲学はご飯が済んでからゆっくりした方がいいかもよ」

独り言を聞かれていたことを知ってウッと赤面したものの、半開きだったリビングのドアを誼が向こう側から爪先で押し開けた途端、美味しそうな匂いがしてきて、うだうだ考えていたことは全部頭の隅に押しやられた。

「冷蔵庫に卵と調味料しかなかった」

「卵があるだけマシだよ」

「どういう食生活してるの、この家の住人たち」

誼は二人分の皿を持っていた。ドアを足で開ける元「王子」らしからぬ所業は、両手が塞がっていたからのようだ。

「オムライスだ、すごい」

「何もすごくないでしょ。言っておくけど中身は具なしのバターライスだからね」

呆れ全開の誼というのは三周している人生であまり見たことがない顔だった。金持ちのくせに料理なんてできたのかと、失礼なことを思う。薄く焼かれた卵は綺麗な薄い黄色で、温かくて柔らかそうで、こういう家庭的なものを見ると縁は、無性に泣きたい気持ちになる。

「何その神妙な顔…」

食事を出しただけで急に押し黙る二十七歳の男にはっきり引いている誼というのも、おそらくこれが初見だろう。

「自分でケチャップかけて食べて」

「ハートとか書いてくれてもよかったよ？　鳥とか星マークとか」

「もー、分かったから。縁、なんで急に三才児みたいになっちゃったの？」

ケチャップを手に取った誼は、世にも綺麗な形のハートマークをオムライスの上に描いてくれた。

「ありがとう誼」

「いや、いいけど……ちょっと、あまりにも素直になられると不安になるよ。どうしてそんなに食べ物に弱いの、縁って。分かってやっててもたまにぞっとするよ、食に必死すぎてそれ以外への価値観が曖昧(あいまい)っていうか」

誼の脳裏にあるのは、駅前のベンチで遭遇した日、ハンバーガーひとつであっさりと同居を承諾した縁の姿に違いなかった。

「他の人にもこうなの?」

「え…うーん、まあ、そうなんだろうね」

「嫌」

「嫌って言われても……」

誼は食事には関心が薄いらしく、自分の方の皿には目もくれずに横に押しやってスプーンを手に取り、縁のオムライスをすくった。

「あーんして」

なんだこいつ、と思いながら素直に口を開けると、誼は満足気な笑みを浮かべながらスプーンを縁の口に突っ込んだ。

「美味しい?」

「うん」

「俺の家に来たらもっとちゃんとしたの作ってあげるからね」

「うん」

誼の茶番に、返事の内容を考えるのも億劫になる。縁を餌付けしながらなんやかんやと話しかけてくる誼に全部「うん」と一言で返事をしていたが、誼は割とそれで構わないようだ。

「ねえ、仁尾くんともこういうことしてた？」

その質問には、さすがの縁もはっきりと答えた。

「はあ？　するわけないだろ。お前だけだよ」

お前だけだよ、の後に続くのは「こんなアホみたいなことして喜んでる奴は」と続くのだが、誼は縁の言葉を都合良く解釈して満足している。たぶん誼が縁に対して「そんなんで大丈夫なのかお前」と思っているのとほぼ同レベルで、縁も誼に対して同じことを感じていた。

急に距離が近くなってしまったような気がした。雑音が欲しくなり、縁はテレビを点けた。このテレビはニオが要らないと言ったので、そのまま縁の持ち物になる。現在テレビのない誼の家に置かせてもらうことになっている。

「テレビ見るの？」

「いちいち聞かないで」

普通、テレビの画面がついたら無意識に目をやると思うのだが、諠は食事を取りながらリモコンを操作する縁を、己の目で録画でもするように観察していた。なんなんだよこいつ、怖……と思ったが、極力顔には出さないようにする。諠から意識を逸らそうと、ワイドショーの内容に集中する。動物園や水族館の相次ぐ倒産のニュースに若手女優がコメントしているところだった。

「あー。水族館さあ、あそこも閉館しちゃったもんね、玉川マリンパーク」

俺好きだったんだけどなあ、と呟いて、具なしオムライスを口に運ぶ。子供の頃、縁がレジャーめいた場所に行ける機会と言えば、小学校の遠足や修学旅行くらいだった。生まれて初めて行った水族館は、広くて深い、青い場所だった。

「海を切り取って横から見ようと思った人ってすごいよね。俺その時海に行ったことなかったから、こんなのがどこまでも続いてる海ってすごいって感動してさあ」

喋る縁の顔を諠は凝視していた。

「海に住みたいと思って、卒業アルバムの将来の夢の欄に『魚』って書いたんだよね。先生に皆の前で読み上げられてめちゃくちゃウケたんだけど、なんで笑われるのか分かんなかったの、俺」

「……」

「なんかたぶん、やっぱり俺って根本的にすごいバカ——て、何？」

　誼が訝しげな顔をしていることに気付いて、縁はどうでもいい自分語りを止めた。

「いや、玉川マリンパークって閉館してないよね？」

　はた、と手が止まる。

「え」

「先週医局の同僚が家族連れてったって言ってたよ。別のとこと勘違いしてない？」

「そんなはず…だって閉館の無料開放日に俺——」

　そこまで言って、はっとした。

　違う。玉川マリンパークの無料開放日に行ったのは、今回の人生のことじゃない。誼の言う通り、この世界の玉川マリンパークは閉館していないのだ。

　やばい、口を滑らせた。にわかに心臓がドクドクと嫌な音を立てて、背筋がひやりと冷たくなる。

「あ、ああ……そうかも？　閉館したのアクアマリン鴨川の方だっけ？」

「だと思うけど」

　思い入れのあるアミューズメントの閉館を勘違いするなんてあまりにも不自然すぎはしないか。縁はどぎまぎするが、どこか釈然としない表情ながらも、誼はそれ以上突っ込んで来なかった。

「大丈夫？　寝不足すぎて現実世界のことが判別つかなくなってるの？」

「そうかもしんない」

そういうことにして、どうにか切り抜けることができた。

危ない。気を付けなければ。うっかりするとどの出来事が何周目の人生のことなのか、記憶が混在してしまう。要領のいい人間なら、こういう前世の記憶を使って上手く生きることができるのだろうに。自分にとっては危うく致命傷になりかねないトラップになってしまう。

どうにか、ボロを出さないようにしなければ。

誼に心を許さないようにするだけではなくて、余計なことは口にしないようにしようと縁は己に言い聞かせた。

誼のアパートは北新宿にある。こんなに近くに住んでいたのだと知って、驚くような腑に落ちるような気持ちになった。生活圏がさほど変わらなかったおかげで、縁はあっという間に新しい環境に慣れた。

縁の漠然としたイメージでは、医者とはもっと忙しいものだと思っていたけれど、誼はいつも夜十九時ぐらいには家に帰ってくる。サラリーマンだったくせにたまに家に帰って来なかったりしたニオの生活に慣れていたせいで、誼の毎日ほぼ同じ時間に出て同じ時間に帰ってくるという生活サイクルの安定ぶりに驚愕していた。不眠症のせいですぐに昼夜逆転する縁からすると、信じがたくさえある。縁は居候しながら、相変わらず求人に応募しては面接に落ちたり、たまに日雇いのバイトを入れるという日々を送っていた。

今日も仕事が終わって直帰してきたらしい誼は、玄関のラックに鞄を置いて手を洗うと、出迎えた縁にさっきまでずっと同じ部屋にいたかのような調子で話しかけてきた。

「ねえ縁、ライン送ったの見た？」

「見てない。急ぎだった？」

「今から帰るって連絡しただけ」

「ええ〜？　その連絡いらないって言ったじゃん」

誼について変だと思うのは、あまりに外の気配がしないことだった。

普通、外から帰ってきた人はもっと外の気配を纏っている。人々が、それぞれ自然に纏う空気の粒子みたいなもの。外で他人と接触するうちにそれらが混ざり合って、自分では気付かないうちに、色んな土地や人間の気配が身体に纏わりつく。ずっと同じ場所にいて動かない人間からは、会った瞬間に目に見えるぐらいにそれが感じ取れる。

　ニオは毎日のようにたくさんの気配を纏っていて、黙っていても騒がしく感じるくらいだった。それが、誼の場合、どれほど多くの他人と接していても、ずっと誼の気配しかしないのだ。まるで埃をはたき落とすように、外の世界を捨ててきているとしか思えなかった。

　その不自然なほどの他人の気配のなさは、同じ空間で生活しているはずの縁におのずと警戒心を抱かせた。

「誼って…ちゃんと働いてるの？」

「は？」

　唐突に縁が口にした無礼な質問に、上着を脱ぎかけていた誼は、そのままの恰好で片眉を吊り上げて振り向いた。

「どういう意味」

「いや、なんていうか……誼って朝出てくときと全然様子が変わんないから…。お医者さんってもっとクタクタに疲れるものじゃないの？」

「さあ。個人差あるんじゃない？」

　縁の言いたいことをなんとなく察したらしい誼は、脱いだ上着を椅子の背に掛けて縁のそばに寄ってきた。

「縁」

「何、近いよ」

リビングに戻ろうとする縁に、後ろから抱きつくように腕を回してくるのを避けようか一瞬迷ってから、無駄なエネルギーを消費することと天秤(てんびん)にかけて、好きにさせておくことにした。

「おかえりなさいは？」

「おかえり」

「うん」

言わせておいて「ただいま」はないのかよと思いながら、誼が首筋に顔を埋めてくるのを受け入れた。

「医者と言えばさあ」

「うん」

「俺、医者ってもっといい部屋住んでると思ってた。モデルルームみたいな、生活感ない感じの」

「そりゃ悪かったね。最初に普通のアパートって言ったはずだけど」

誼の部屋は物がきちんと整頓されていて、清潔で、シンプルだ。それでも部屋を見れば生活の様子は手に取るように分かるのに、こうも現実に生きている人間っぽくないのは何故だろうか。

「いや、別に文句があるわけじゃなくて」

「分かってるよ。他人の職業への理解度低いなって思っただけ。興味ないんだろうなあって。まあ、まだ見習いドクターみたいなものだし。親が金持ちなだけで俺が金持ちなわけじゃないからね」

「ふうん……」

「え、何？　その意味ありげな間」

親という単語を自ら持ち出した誼に、縁は気になっていたことをふと尋ねてみた。

「お前高校の頃、勉強したくないから医学部には行きたくないって言ってたよな？」

その質問に、誼が息を殺した。

「結局すんなり医者になったんだなあと思って」

黙った誼に、縁は引っ掛かるものを感じた。いつもならうまくごまかされたのだろうが、肌と肌の触れ合う距離にいたせいで、それが言うのをためらうような沈黙であることが伝わってしまった。

少し黙ったあとで、誼は「ふ」と息を吐いた。

「結局それがいちばん楽だって気付いたから」

「どういう意味？」

「環境に抗わないで生きた方が、逃げ出すよりもしんどくないってこと」

確かにそれも本音のひとつなのだろうけれど、声の妙な明るさから、はぐらかされたのだと分かった。のっぴきならない事情があるのだろう。逃げ出すよりもこっちの方が楽と誼が判断したほどのこと。

気になったけれど、誼が自分から話してこない以上、また妙な墓穴を掘ってはたまらないから、突っ込んで聞きはしなかった。それに、前世でも前々世でも気にもならなかったことが気にかかるというのは、良くない兆候のような気もする。

（もしかしたら、誼は誼で俺に心を許してないのかな……）

縁のことを何でも知ろうとしてくるくせに、誼は自分の情報を必要以上に与えることは嫌がっている節があった。たぶん、自分たちはお互いの距離感を探り合って、警戒し合いながら生活している。

「はあ。気が抜けないよねー」

「何が？」

「別に。色々だよ。何でもいいけど、真面目(まじめ)に生きてよね」

「それ縁が言う？」

「は？　何、俺とギスギスしたいの？」

　ともあれ、勉強嫌いの縁にとって「勉強するルートが楽」というのは理解に苦しむ選択だが、持って生まれた環境に抗わない、余計な苦労を買わないというのは腑に落ちる言い草だった。つらい思いをしたくない、できるだけ安楽に生きたいという部分に関してだけは、諠と自分は似ているかもしれない。

　そんな風にして、お互いを探り合いながらの同居は、意外と大きなトラブルもなく季節が一つ過ぎた。

　春。透明なエネルギーの塊みたいな季節。雨の日と肌寒い季節が好きな縁だが、夏の気配がする前の、冬が終わったばかりの今くらいの気候も嫌いじゃない。

「まさか諠の弱点がこんなところにあったとはねえ」

　朝、花粉症の薬を飲み忘れて出て行った諠が、ほぼ死に掛けの姿で昼過ぎに帰ってきたのには驚いた。なかなか重篤(じゅうとく)な花粉症だったらしい。前世でも前々世でもそんな姿を見たことがなかったから、本当にイレギュラーな事故なのだろう。

「なんでそんなに楽しそうなんだよ……」

熱が出てぼうっとしているらしい誼は、ソファに仰向けに横たわったまま、恨みがましい目を縁に向けた。

「まあ、楽しくないと言えば嘘」

「はあ？」

微笑みを浮かべる余裕のない誼は新鮮だ。ふっふっふ、と笑い声を漏らした縁は、すぐそこのコンビニでペットボトルの水と、冷えピタを調達してきてやった。

「安念さーん。大丈夫？　今俺の指何本見える？」

誼の顔の前に一本指を立てて覗き込むと、鬱陶しそうに縁の手を掴んで、「やめて」とにゃうにゃした口調で言った。目が潤んでいて少し赤い。子供のように無防備に見えた。

「薬まだ効いてこないのかな？　花粉症重い人って大変そーね」

「そうだよ……」

縁が外から花粉を持ち込んでしまったのか、眉をひそめた誼は、縁の手を掴んだまま顔をそむけてクシュ、と小さなくしゃみをした。

「あ、大丈夫？」

「…無理」

鼻声で呻くように言った誼の手は火照っていて熱い。

「ちょっと失礼」

掴まれていない方の手で、額に触れる。

「微熱という段階の熱じゃなさそうだけど…解熱剤もいる?」

「大丈夫。縁の手、冷たいな。気持ちいい」

そう言って、細く息を吐いた誼は目を伏せた。

「そうでしょ。俺末端冷え性だから」

笑って答えると、ずっと掴まれていた手にぎゅっと力が籠もった。

「どうしたの? 甘えたくなっちゃった?」

「……。違う」

子供みたいな嘘をつく誼に、苦笑いが漏れる。

こうしていると、まるでここまでの攻防や距離感の探り合いのすべてが嘘だったように感じた。こんな風に、くだらないやりとりや素朴な触れ合いを重ねて、穏やかに過ごしていけるんじゃないかと、期待してしまう。

運命はそれほど甘くないことを、二回も失敗した自分がいちばんよく分かっているはずなのに。このままだったらいいのにな、と、心のどこかで思っている。

「誼」

小さい子供をなだめるような声を出して、ぽんぽんと頭を撫でた。

「冷えピタ貼ってあげるから、ちょっと手ぇ離してくれる？」

「やだ」

「やだじゃないでしょ」

手を引き抜こうとすると、縋り付くように指を絡められた。

「このままでいて。あとちょっとだけでいいから」

その声の切実さに、胸の奥がきゅっとなった。

寂しいような嬉しいような気がして、泣き出したくなる。甘い水が流れ込んでくるようなその感情を、何と呼ぶのか、たぶん本当は知っている。力を抜いたら繋いだ手の先からその感情が誼にも流れ込んでしまうような気がして、思わず指先に力を込めた。

そうして縁が何も言えなくなっているうちに、誼は眠ってしまった。

このままでいて。

あとちょっとだけでいいから。

今だけは一緒にいたいという本音は二人とも同じなのだと縁は思った。繋いだ手は燃えるように熱くて、子供のようなわがままを言った誼の声は眠たげで、少し舌っ足らずになっていた。取り繕う余裕のない誼の素の姿を、「かわいい」と感じてしまう。本当に俺のものだったらいいのに。生きる死ぬの心配なんてせずに、心から愛したり愛されたりできるただの恋人だったらいいのにと、思ってしまう。

始め、あんなに抱いていた諠への警戒心が形ばかりになってきていることには、自分でも薄々気付いている。そして、このまま流されればまた死ぬことになることも。

（……駄目だ。好きになったら、駄目）

こんな、多少見た目が綺麗なこと以外に、何の美点も取柄もない自分を欲しがってくれる男に、心を許さないように。何ができるわけでもない赤の他人を手元に置いて、衣食住のすべてを与えて守り、時々子供のように甘えてくる男を愛しいと思わないように。

愛さないように。恋をしないように。

人間ひとり分の衣食住の確保が簡単ではないことくらい、ろくでなしの人生を三度も生きている縁は痛いほど知っている。

愛されている、のかどうかは知らない。でも、少なくとも恋か、それに似た強い執着を諠は自分に持っている。

どうして縁なのかは知らない。高校時代からずっと、分からないままだった。

諠を起こさないようにそっと手を離し、部屋を後にした。

「頭、冷やさなきゃ……」

まだ尖った冬の気配を残した外に出ると、少しずつ頭が冴えてきた。

一駅分くらい歩こうと決めて、アパートに背を向ける。誼と一緒にいると内に内に向かっていく意識を無理やりにでも外に向けようと思ったのだ。

最近かなり吸うことの少なくなっていた煙草に火を点けた。鼻先にくゆる煙の臭いで少し落ち着きを取り戻す。

こうして見れば、世界は他人でばかりできている。今歩いている道も、建物も誰かが作った物で、色んな人がアイディアを出し合って決めたルールで街のすべては動いている。その中で、縁も誼も生きている。どうしたって世界に二人きりではない。なることもできない。それなのにときどき、世界から誼と自分だけが切り離されて漂っているような気持ちになるのはなぜだろう。

薄くけぶった春の空を、その場に立ち尽くして意味もなく見上げた。

「誼」

声に出してみると、嫌な名前だと思った。一体なんの誼で、あいつとこんな風になっているんだろう。

嫌いだったのだ。

縁の思いつく限りのものを、誼は何でも持っている。

生きるのに必要なことが何でも得意で、容姿も飛び抜けて整っていて、資産家の家系に生まれ、お金に困ることもない。こんなに思いのままに何だって手に入れられそうな人間は誼のほかに知らなかった。縁が望んでも手に入らないすべてのことが、人間の皮を被って目の前に現れた。そういう感じだった。だから嫌いだった。逆立ちしても手に入らない人生が、羨(うらや)ましくて眩しくて、誼の周りだけが温かそうに見えて、嫌だった。

そんな奴が、目の前に並んだ宝石を無視して、あえてゴミ箱の中からまだ使えそうな鳩羽縁(おもちゃ)を選んだ。これがいい、かわいいと口にして、ぼろぼろのおもちゃを無邪気に胸に抱きしめている。そうして遊び飽きたら、もういらないと言ってゴミ箱に戻す。誼が自分に対してやっているのはきっとそういうことだ。誼だけじゃない。今まで、縁の容姿や態度に惹かれて近寄ってきた人達はみんな大差なかった。

嫌だった。本当はみじめで悔しくて、泣き出したくなる。けれど、泣いて暴れたところで、ぼろぼろの身体がもっとダメになるだけだ。一時のお遊びでも、綺麗だねかわいいね大好きだよと愛でられる方が結果的にマシだということを、経験的に理解して、受け入れていた。それが鳩羽縁という人生だった。

たまらなくなって、逃げ出したくなる。

でも、行く当てなどない。また、そういう風になってしまった。

帰ろう。どっちにしろ誼の様子も気になるし。病人は放っておけないし。そう言い聞かせて、元来た道を打ちひしがれながらとぼとぼと戻った。

アパートに帰ると、薬が効いたのか、誼は起きて部屋着に着替えていた。

「縁、おかえり。どこ行ってたの？」

縁の行き先を把握できないことを激しく嫌う誼が、不機嫌な様子で尋ねてきた。

「別に。散歩。外の空気吸おうと思って」

誼の目を避けるように俯いて押し黙る。虚しさに負け、逃げ帰ってきた場所で、苛立った視線を向けられるのに耐えられなかったのだ。

誼は縁の顔色に目ざとく気付いて首を傾げた。

「あれ。縁、どうしたの」

お前には分からないよ、と思う。何もない人生を独りぼっちで歩く心許なさなんて。

そう思ってから、誼に理解されたがっている自分に気付いて、泣きたくなった。

「淋しくなっちゃった？」

おどけたような声で言って、まだ靴も履き替えていない縁を抱き締めた。

「おかえり」

「……うん」

誼はいつも、仕事が終わるとまっすぐに家に帰ってきて、縁を抱きしめる。毎日そうする。かわいいね、と言って、食事を作ってくれたり、服を買ってきてくれたりする。縁が起きられなければ寝かせておいてくれる。何も心配しなくていいと言う。何もしなくていいから、ただそばにいてほしいと言って、抱きしめてくる。そのたびに心が緩んで、息ができなくなる。

誼の腕の中は温かくて、心地いい。こんなに優しくて嬉しくて淋しくて、泣きたくなるような感情なのに、どうしてこれを愛だと思ってはいけないのだろう。そんな問いが胸を突き上げてくる。

ちゃんと知っている。この男を愛したらゲームオーバーだから。ろくでなしの人生でも、大体のことを諦めて生きていても、未来は欲しかった。生きてさえいれば手に入れられるかもしれないから。

何を？　この先を生きて、何を手に入れたいのだろう。

「……ほんと、誼って、悪魔みたいな男だよ」

愛ではない。大丈夫、俺はこの人のことを好きじゃない。

これを愛と呼びさえしなければ終わりにせずに済む。

その日、誼の機嫌が良くて、誼の部屋で抱きかかえられたまま一緒に眠った。

何かしらのスイッチが入ったらしく、勝手に蜜月モードに入っている誼は翌日もやたらとべたべた纏わりついてきた。縁が顔を洗いに行くのにさえ、猫みたいに後ろをついてくる有様（ありさま）だった。

誼が機嫌のいいときは縁の機嫌は悪くなる。なんだこいつ、と思いながらも、いちいち構うのもなんだか癪（しゃく）で、好きにさせていたのだが、誼は実にしつこい。

誼と一対一で向き合う空間を強制的に終わりにしたくて、後ろから抱き着かれたままテーブルの上のリモコンに手を伸ばし、テレビをつけた。

「何か見るの？」

テレビに関心のない誼は退屈そうな声を出した。縁の腹の前で組まれていた手にぎゅっと力が籠もる。引き戻そうとするような動きは、やはり、飼い主が仕事をしようと開いたパソコンの上に座る猫を思わせた。

「んー……」

「縁、聞いてる？」

「聞いてない」

「ちょっと」

どの時間帯に何の番組をやっているかなんて把握していないので、端から順にボタンを押していく。と、知っている顔が映ったので、縁はそこで手を止めた。

「ＮＩＯだ」

ライブ番組のインタビュー中だった。

「あ、これ朝ドラの曲。俺朝は起きられないから見てないけど」

中性的な顔立ちで、真ん中で分けた茶髪は綺麗目な容姿だが、縁のように女と見間違えられるような華奢さはなかった。威圧感はないが存在感があって、白いシャツとデニムというシンプルな恰好なのに、華がある。

「いいなあ、俺、ＮＩＯと人生交換したいなぁ」

縁がぼんやりと言うと、縁の肩越しにテレビの画面を覗いた誼が「ああ」と何の感慨もなさそうな声を出した。

「その子、俺の従兄弟（いとこ）だよ」

「え⁉」

「ネオラボのＮＩＯでしょ。俺の父方の従兄弟だよ。俺の父親の弟の息子。本名は安念弐央（にお）。旧漢字の数字の『弐』に中央の『央』で、にお」

「う、嘘でしょ？」

驚愕する縁に、誼はむっとしたように言い返した。

「こんなどうでもいい嘘ついてどうするんだよ。っていうか、あいつこそ高校の頃の俺どころじゃない、真の放蕩息子だよ」

「えー？」

「鎌倉にある病院のオーナーの次男。優秀だから家継ぐことになってたのを、ある日突然歌手になるって高校中退して家飛び出して……大騒ぎになったんだけど、結局ほんとに歌手になって、わりとすぐ家とも仲直りしてたよ。元々家族から愛されてたしね、あの子」

ようやく縁から離れてテーブルの上に頬杖を突いた誼は、つまらなそうな顔でテレビの音量を上げた。縁の意識が完全にＮＩＯに向いてしまったことを受け入れたらしい。

「たまにこの部屋にも来るよ」

「えっ、ＮＩＯが？　何しに？」

「……芸能界とか実家の悪口を言いに？」

「何で疑問形」

「や、実際何しに来てるのかよく分からないから。あと最近は、同居人いるからあんまり用もなく来ないでって言ってある」

その誼の言葉は縁に衝撃を与えた。

「お、俺のせいで…？　知らなかった」

「いや言ってなかったからね、普通に。……ねえ、もしかしてファンなの？」

「え⁉　い、いや、そういうわけじゃ……！」

「違うの？」

「な…、えーと、なんていうか…ニオと同じ名前だからテレビとかで見かけるとつい見ちゃうっていうか……」

なんで俺は焦っているんだろう、と思いながら、縁は弁解した。

「あっちは苗字の仁尾でしょ」

「そうなんだけど」

妙な感じに心拍数が上がっている。

驚いた。なんとなく気に掛けていた芸能人がまさか誼の親族だったとは。なにやら因縁めいたものを感じてしまう。そわそわするようなゾッとするような変な気持ちで、テレビからＮＩＯの歌が流れてくるのを聞いていた。

3、同じこと

ネオラボのボーカルＮＩＯこと安念弐央は、その辺のコンビニにでも行くようなラフな恰好で、ある日、ふらりと誼のアパートを訪ねてきた。玄関のドアを開けるなり、出迎えた縁に一瞬だけ小さく首を傾げると、「ああ」と無遠慮に縁の胸の真ん中あたりを指さして言った。

「『縁』だ」

「えっ、あ、はい」

弐央は片手に小さな紙袋を持っていた。猫っ毛の茶髪をハーフアップにし、大きなマスクをしている。そのマスクを外しながら、ぽかんと呆気に取られて立ち尽くしている縁がおかしかったのか、くすりと笑った。

「そこ寒くないですか？　部屋入りなよ、縁さん」

笑った顔の、目元が誼に似ていた。今の誼はもっと男っぽい目鼻立ちをしているが、高校の頃の誼はこんな感じだった。笑うと猫みたいに跳ねる目尻。作り物めいて整っている顔の中で、そこだけが愛嬌に満ちている。テレビの中ではほとんど笑わないイメージの

ＮＩＯも、笑顔は年相応なのだと知った。

初めましての挨拶もなく、勝手知ったる様子で家に上がり込んだ弐央のペースに完全に飲まれて、縁は彼の後ろをついて行った。

「誼くん」

リビングにタブレットを持ち込んで学会の資料を読んでいた誼は、頬杖をついたまま目だけで弐央を見上げた。

「あ、弐央。ちゃんと縁に挨拶した？」

「もちろん」

ちら、と弐央は縁の顔を横目に見ながら、しれっと嘘をついた。

（ちょ……）

なんか、こういうところも高校の頃の誼に似てるな。そう思って、縁は浮足立つミーハー心を早々に引っ込めた。どうやら安念弐央はふてぶてしい若者らしい。

「何しに来たの？」

読んでいた資料を閉じると、誼はタブレットをテーブルの端に寄せた。

「ファンから差し入れで香水貰ったんだけど、誼くん要るかなあって思って」

「要らないよ。俺香水なんてつけないし」

「だよねー」

肩を竦めて、あっさりと引き下がった弐央は、傍らに立ち尽くしていた縁にその紙袋を押し付けた。

「じゃあ縁さんもらってくれません？　せっかく持ってきたのに持って帰るの嫌だし」

「え…」

縁が困惑していると、弐央は縁の手を取って無理やり紙袋の持ち手を握らせてきた。

「ファンに貰ったなら自分で使った方がいいんじゃないの？」

「そんなこと言ってたら家の中が物でパンクしちゃうよ」

ふい、と顎を背けて弐央は言うと、勝手にテーブルに着いて家主と会話を始めた。

「諠くん、何してたの」

「仕事だけど……ていうか、弐央、縁にあんまり絡まないでくれる？」

「はいはい。ごめんね縁さん。俺のことは気にしないでゆっくりしてて」

弐央は、顎先でソファの方を示した。会話には入ってこないで存在を消しておけということらしい。

「あー、はい」

ははは、と乾いた笑いを零し、縁はキッチンに向かった。弐央の言う通り気配を消してコーヒーでも飲んでいようと思った。

（なんか面倒臭そうな子だし…）

触らぬ神に祟りなしだ。

ドリップコーヒーのパックのフィルターを広げながら、縁は一枚ドアを隔てて聞こえてくる安念家の会話に耳を傾けた。

「最近全然連絡取れないって、誼くんのお父さん怒ってたよ」

「ああ。それで俺のこと偵察しに来たの？　お前どっちのスパイなわけ」

「俺は基本的には誼くんの味方だけど。立場も似てるし、一応こんなんでも尊敬してるしね……けど、定期的に誼くんのこと報告することで、俺もお目こぼしっていうか、適度な自由を保障されてるから」

「はー……」

「溜息つくなよ。そっちだってそうだろ。俺の動向を俺んちとか、爺さんに報告することでギリギリ現状保ってるくせに」

初めて聞く話だ。誼は縁といるとき、ほとんど仕事や家の話をしない。どうでもいいと思っているのか、または縁には聞かせたくないことなのかは分からないが、たぶん後者なのだろう。誼が苛立っている気配がドア越しに伝わってきた。

「まあ否定はしないけど」

「ほら」

もこもこと膨らんだコーヒーの粉から、いい匂いがしてくる。金持ちの家の面倒臭そうな話を聞きながら、お金にはどうしてこう、いつでもどこでもしがらみがついて回るのだろうと疑問に思っていた。

「いい匂い。縁さん、俺にもコーヒー淹れて」

ドアが開いて、隙間からひょっこりと茶髪が覗く。

ちょっとだけ口角を上げて微笑んでいる。甘え上手だ。これは安念家の血筋なのかも知れない。

「はーい…。誼は？」

「俺はいいよ」

機嫌の悪そうな一言のあと、溜息が聞こえてきた。

それから、ドリップなりに丁寧に淹れたコーヒーのマグカップを持って行くと、会話は仕事の話になっていた。

誼は自分の隣をぽんぽんと叩いて縁にも座るように促した。さっき弐央に追い払われた縁は躊躇(ためら)ったが、とりあえず黙って従った。弐央にじっとりとした半目で睨まれたが、誼の意向を優先したのか今度は何も言われなかった。

「弐央のお兄ちゃん——玲央（れお）くん、同僚の医者から評判悪いらしいけど大丈夫？」

「え、そうなの？　初耳。いい気味。ちなみにどうして？」

「別に大した話じゃないよ。同僚から聞いた。週一でそっちにバイト行ってる呼吸器内科の人いるから」

「ああ、なんか今、呼吸器内科人足りないんだよね確か」

「そう。それでその人が言うには、この前患者が死にかけてるさなかに玲央くんずっとカルテ書きしてたらしくて。代わりに呼ばれて気管内挿管してレスピレーター繋いでやったら、目も合わせずに『あ、どうも』ってね、あの調子で」

「くくっ、うける、言いそう」

「いつもそんな感じみたい。オーナー一族の医者は救急処置が致命的にできないって、みんな言うね。真面目に働いてる俺はいい迷惑だけど」

「でもさあ、オーナーの親族ってだけで、うちの兄貴みたいなのに取り入ろうとする医者もそれなりにいるわけだろ。で、そういう奴らもまた大概仕事しないわけだろ。それで同じ職場の人間はちょっとでも頼みやすい人に仕事振るから、いい人や頑張る人にどんどん業務が増えてく——」

見てきたかのようにそこまで言って、弐央は一度言葉を切った。細く息をつく。

「まー、でも、病院に限らず、どこの職場でも大体事情は同じようなもんなのかな」

伸びをして、それから縁の淹れたコーヒーを啜った。高校中退とはいえまだ二十歳で、社会で働いた経験もそれほど豊富ではないだろうに、人間の集まる場所への理解の正確さに、縁は驚いた。これがデビュー以来「人生何周目？」と評される歌詞を書いてきたＮＩＯの素地なのだと思った。

「でも、やっぱり良かった。俺、病院なんて継いでないで」

誼の前でそれを言うのか、強いな……と縁が思っていると、弐央は膝の上で手を組んで、気まずそうに視線を落とした。

「だけど……俺、誼くんのこと尊敬してるのは本当だよ。うちの奴らと根本的に違ってるのって、誼くんだけだし」

「まあ、俺だけ違ってるのは、そうでしょ。俺は後妻の子供だし。その母親も体調悪くして入院してるし…普通に立場悪いからね」

誼はこともなげに言った。縁は静かな衝撃を受けた。これも初めて聞く話だった。

「え、そういうことじゃないよ。……いや、そういうことなのかな。誼くんが実家と折り合い悪いのって、やっぱりそういう理由？」

「他にも色々あるけどね。俺はもともとあの家の中で素行がいい方ではなかったし」

「ほら、やっぱり俺と同じだ」

「同じじゃない」

ぴしゃりと言った誼に弐央は驚いたようで、ほんの少し目を見開いた。

「一つも同じなことなんてないよ」

「え…」

「俺と同じなのは縁だけだ」

黙って話を聞いていた縁は、予期しないタイミングで突然自分の名前が出てきたことに慄いた。

「へ⁉　俺？」

「そう。縁だけ。だから俺の天使なの」

「は…」

コーヒーを零しそうになって慌てていると、弐央が怪訝そうな顔で自分を見つめていることに気付いた。

こいつ、誼くんの何なんだ。

弐央の顔にはっきりとそう書いてあった。俺だって知らないよ、と心の中で言い返す。

「どういう関係？　ただの友達じゃないの？」

「言うわけないだろ。実家にそのまま報告されるんだから」

誼が肩を竦めて言うと、弐央はあからさまに眉を吊り上げた。

「何それ？　人に言えない関係の人間を堂々と俺に紹介するなよ」

そして、どうやら機嫌を損ねてしまったらしい弐央は、興が醒めたようにさっさと帰ってしまった。せっかくあのＮＩＯに会えたのに……という思いもないではなかったが、「あのＮＩＯ」も割合ただの人間だったことを目にして、少し肩の力が抜けたような気がした。


帰り際の様子から、もう会うことはないだろうと思っていたのだが、どうやらあれだけで済む相手ではなかったらしい。

あの日以来、弐央はたびたびアパートを訪ねてきた。それも誼が不在のときを狙って来るようになったのだ。

「縁ちゃん、コーヒー淹れて」

いつの間にか、呼び名が「縁さん」から「縁ちゃん」に変わっていた。正直なところ、

ＮＩＯにそんな風に呼ばれるのは、ちょっとだけ嬉しい。言われるがままにコーヒーを出すと、「ありがと」と律儀にお礼を言われた。

「いいけど……弐央くん、なんでいつも誼がいないときに来るの？」

「なんでってそりゃ」

縁の淹れたコーヒーのマグカップを優雅に傾けながら、弐央は人懐っこい笑みを浮かべて答える。

「誼くんに寄生してる悪い虫を追い払いたいからに決まってるじゃん」

「そ、それ俺に直接言う？」

「だって誼くんは隙がないじゃん。隙だらけの縁ちゃんから俺に有利な情報を引き出して引っ掻き回そうかと思ってる」

「最悪じゃん…」

「あはは。縁ちゃんて面白いよね？　素直っていうか、正直っていうか。優しすぎ」

弐央はこらえきれないという感じで噴き出して、目尻に浮かんだ笑い涙を指先で拭った。

「俺、縁ちゃんの困ってる顔好き。誼くんが縁ちゃん気に入ってるの分かるな」

「ど、どうも…？」

「でも、誼くんが縁ちゃんにゾッコンになるのは嫌なんだよ。ずっと尊敬してる仲良しだった従兄弟が、ぽっと出のよく分からない奴に持っていかれるのは普通にむかつくでしょ」

「そっかぁ」

縁が反応に困っていると、弐央は思い出したように傍らに置いていた紙袋を手渡してきた。

「焼きプリン。甘い物好きでしょ？」

弐央は大抵、こんな風に何らかの手土産を持ってきて、探りを入れると言いつつしばらくどうでもいい話を縁として、コーヒーをねだる。ただのドリップコーヒーで、縁が特別コーヒーを淹れるのが上手いわけでもない。それでも必ず弐央は笑って、「ありがとう」と言ってくれる。そのことが、縁には言いようもなく嬉しかった。

だから縁は、弐央がこうして訪ねてくることを誼には言わなかった。問題が起こる気配もなかったから、このささやかな外部との接触を大事にしたいと思っていた。

距離感をどうにか見極めながらの誼との同居生活は、それからも不気味なほど穏やかに保たれていた。

縁の不眠症について、誼は定期的に診察めいたことをしたり、眠剤を処方してくれたりもした。誼が持ってきてくれる薬のおかげで一定以上悪くならなかった。それでもなお、眠れないまま夜を明かしてしまい、薄膜の張ったような意識で誼を送り出すとき、誼はいつも縁が眠れなかったことを正確に察した。

「……縁、今日はバイト休みなよ」

「午後からだから大丈夫だよ。またクビになったら困るし」

「そう。ごめんね」

何が「ごめんね」なのだろうと思うが、聞いても誼が答えてくれないのは分かっているので、あえて縁から尋ねることもしなかった。縁が眠れなかったことで、なぜ誼がそんな辛そうな顔をするのだろう。誼にはこんな顔もあったのだと、一緒に暮らすようになって知った。まるで本当に、ただの人間にしか見えない。

この頃、誼は帰ってきたときだけではなくて、朝出掛ける前にも縁を抱きしめるようになった。甘えているのか、甘やかそうとしているのか、どっちなのかは分からない。誼の本心を確かめるような質問は避けるようにしていたので、やっぱりこれも聞くことができない。玄関の一段低いところから、誼は縁の胸のあたりに顔を埋めていた。

「こら、早く仕事行きな誼」

「あと十秒したら」

こんな子供みたいなことも言う。そもそも、けっこう誼は子供っぽい面が多いのだ。心に浮かんだことを片っ端から口に出しているようなときもある。

それなのに、いつもいちばん肝心なことは言ってもらえていないような気もしている。近いようで遠い、遠いようで近い、不思議な隔たりだった。

誼を送り出したあと、縁はどうせ布団に入っても眠れないので、部屋の掃除をすることにした。そうして、気を逸らす振りをして誼のことを考えていた。

もう完全に、前世と前々世の縁が知っている誼ではなかった。

高校生のときのようないつも薄っすらと苛々した感じが薄れて、たまにセクハラしてきたり、依然として束縛が強かったりはするものの、二人でただ一緒にいる分には、信じられないくらい和らいだ態度になっていた。うっかりすると、十年前にふざけ半分に首を絞めてきたことも、その前には二度も本当に殺害されたことすらも忘れそうになる。だんだんとそっけなく接するのもしんどくなってきた。

満たされている、と感じるときがある。たとえそれが、頭のいい誼が縁をコントロールするために作り出しているかりそめの温もりなのだとしても。

誼がたまに縁の部屋にやってきて、同じ布団で眠るとき。ただ同じ空間にいて、それぞれ自分のことをやっているとき。普段ろくに料理をしない誼が、自分と一緒に夕飯の準備をするとき。気が抜けてぼーっとしている誼の横顔を見て、こんな顔もするんだと思うとき。それをからかって、他愛のない言葉の応酬をするとき。こんな時間がずっと続けはいいのにな、と思ってしまうのを止められなかった。

それから数日の間、誼は普段よりも家に帰ってくるのが遅くて、あまり顔色が優れなかった。誼が外で何かあったときに縁の前でそれを出したのは初めてのことだ。

その日も、誼は少し遅めの時間に帰ってきて、バイトから戻ってきた縁と帰宅時間が重なった。

「あれ、誼。おかえり」

「うん」

そう答えたものの、誼はその場に立ち尽くしている。

「何、どうしたの。早く入りなよ」

手を引いて、家の中に連れて入った。誼の表情は暗くて、何かをこらえているような迷っているような顔をしている。温かい飲み物でも出してあげた方がいいかも知れない。

「どした？　なんかあった？　ほら、鞄置いて。靴脱げる？」

つとめて、明るく優しい声を出した。

誼は何も言わず、縁に促されるままに鞄を置き、たどたどしい動作で靴を脱いで玄関に上がる。誼に話しかけながら、手を引いて部屋まで導いてやった。

「オッケーオッケー、そう。あんよが上手、あんよが上手。よしよし。いい子」

項垂(うなだ)れた誼は大人しくついてきて、縁は内心動揺していた。こんな誼は初めてだった。同居してからというものあまりにも、初めてのことが多すぎる。

やっとのことでようやくソファに座らせる、という段階までたどり着いたとき、誼がぽつりと口を開いた。

「ねえ、縁。俺の母親……」

「母親？」

確か、誼の母親は後妻で家の中での立場が悪く、さらにその人が体調を悪くしているという話だったはずだ。

「お母さん？　何かあったの？」

「──……」

口を開くかどうか逡巡するような間があった。

「ううん。それより、弐央が会いに来てるって本当？」

「え」

どうしてそんなことを聞いてくるのだろうと訝しく思って誼の顔を見ると、真顔でまばたきもせずに縁の目を見つめていた。

「まさか俺のいない間に二人で密会とかしてないよね？」

別に後ろめたいことは何もないはずなのに、答えに詰まってしまった。どうして誼がそれを知っているのだろう、という困惑がはっきりと顔に浮かんでいたらしい。

「はは。縁って顔に全部出るね」

「あ……」

苦笑いしながら言った誼の視線から逃れるように縁が手で自分の顔を押さえると、誼は「素直すぎ」と肩を竦めて言った。

「ごめん。こんなに分かりやすいんじゃ、試すまでもなかったね」

「俺が嘘ついて隠すと思ったってこと？」

さすがに面白くない気持ちになって言った縁の問いに対して肯定も否定もせずに、誼は苦い顔で口を開いた。

「弐央を直接問い詰めたんだよ。最近全然俺の前に姿見せないと思ったから。たまたま俺のいないときが重なったって言ってたけど、違うだろ。縁に会いに来てるだろ、あいつ」

「……もしかして弐央くんと俺に何かあるんじゃないかって思ってるの？　別に後ろめたいことなんて何もないよ」

ありのままを言うと、誼は押し黙ってしまった。

「――……」

誼は唐突に、縁に抱き着いた。思わぬ力の強さに驚いて、縁は抱き締められた腕の中で身を固くした。

耳の付け根に唇が強く押し付けられる。離れた瞬間、湿った息が耳にかかって、身体がびくついた。腰から下にびりびりと甘い電流が走ったようになったのを誤魔化すように、誼の名前を呼ぶ。

「誼、ね、ねえ、どうしたの」

尋ねる声を無視して、背中や腰を手のひらが探るように撫でてくる。意図を持った手付きだった。お腹の奥の方からかっと身体が熱くなってくるのを感じて、縁は焦った。

「……縁はあったかいな」

誼は独り言のように言って、縁を抱き締めていた腕を緩めた。両手で縁の顔を包みこみ、鼻先や頬に緩慢(かんまん)なほど丁寧にキスをした。

唇に唇が重なったとき、もう一度両腕で腰を抱き寄せられた。縁が硬直したままでいると、まるで縁の身体を温めようとでもするように、誼は首筋に顔を埋めてくる。

「んっ……」

うなじに軽く歯を立てられて、自分の意に反した甘い声が出てしまった。腰と腰が密着していて、下半身に熱く固くなっているものを押し付けられている。

子供のように扱っていた誼に、大人の雄の存在を「示されて」縁は混乱していた。誼は今、縁とセックスしようとしている。ようやくそう理解したときには、ソファの上に押し倒されていた。

両腕の中に縁を閉じ込めた誼は、細く速い呼吸を繰り返していた。まばたきもせずに間近に縁の目を見つめている。今ここで縁を自分のものにしようとしている、男の欲望だけが浮かんだその目に見つめられることに、焦る心の裏側で快さを感じていた。

俺、抱かれたいんだ。はっきりと自覚してしまった。

その瞬間、頭の中でひとつ、ガチャンと音がしたのを感じ取った。はっとする。

駄目だ、今ここで抱かれたら。分かる。今この瞬間が、このルートの人生のバッドエンドへの分岐点だ。

「縁」

ねえ、いいでしょ、と、ねだる声色に、心臓が跳ねる。

ささやくような声で名前を呼んできた誼の口元を、両手を重ねて塞いだ。

「だ、駄目」

頭の芯は冷静で、身体の奥は火がついていて、心と身体がばらばらになったまま、やっとそれだけ口にした。

　拒まれると思っていなかったらしい誼は、口を塞がれながら目をぱちくりさせた。拒まれた事実を信じられないような顔をしている。

「ごめん、誼。駄目」

　ごめんね、と重ねて言ってから、誼の口を塞いでいた手を離して、首を抱き寄せた。

　赤ん坊をあやすような手付きで首筋や背中を撫でる。落ち着かせようとしたのではなくて、誼の顔を見ることができなかったのだ。

「……急に、ごめん」

　耳元で誼はそう言った。

　傷付けた、と思った。親に、おそらく家の中で唯一の味方である母親に何かがあって温もりや救いを求めて縋ってきた、誼の必死の行動を、跳ねのけてしまった。

「頭冷やしてくる」

　そう言って、誼は身を起こし、両手を引いて縁の身体も起こしてくれたあと、ふらふらと部屋を出て行ってしまった。その間ずっと、縁は誼の顔を見ることができなかった。

　縁はソファの上で膝を抱えた。傷付けたいわけではなかった。嫌だったわけでもない。

　でも、駄目なのだ。こうするしかなかった。この愛が、本物になってはならないから。

そこまで考えて、自嘲する。

「本物だの、偽物だの、一体なんだっていうんだ」

馬鹿みたいだと思う。

誼の求めている愛情に、本物も偽物もない。ただ縁の都合で真偽を勝手に決めて、これはOKあれは駄目と線引きしているだけだ。誼を振り回しているのは自分の方じゃないか。

縁がこれを本物の愛と見定めてはいけない理由は一つ。死ぬからだ。

身体を重ねたら、なし崩しに恋をしてしまうから。そうすれば、この満たされた時間が終わってしまうから。ただそれだけ。欲しているから、欲してはいけない。

（何で、こんなことになったんだっけ…？）

ぐちゃぐちゃに絡んだ糸を解きほぐすように、抱えていた膝を放して脱力する。ソファに身を投げ出して、白い天井を見上げて考えた。

そもそも、どうして前回も前々回も殺されることになったのか。日頃、考えないようにしているその記憶をできるだけ正確に思い起こそうとした。

前世のことを考えようとするといつも、頭の中は青い光の一色になって、ずっと波の音が響いている。

『縁も、俺が好きなの？』

二回とも、その台詞は同じだった。セックスをした次の日の朝、「好きなの？」と言われて「そうだよ」と答え、心が通じたと思ったらあんなことになって、縁はわけがわからないまま死んだ。

『嬉しい。やっと手に入った。俺、幸せなんだ、縁』

あのとき、誼はたぶん泣いていたはずだ。涙に潤んだ声だった。

『もうこれでいい。ここで終わりにしよう。ねえ縁、それでいいよね？　いちばん幸せな今、時間を止めちゃおう』

それで、首を絞められて、海の中に沈められた。

どうして海のそばを歩いていたのか、その前のことを思い出せない。でも、確かなことは、誼は、恋が成就したと思ったから縁を殺した。もう二度と失わないように、そこですべてを止めてしまったのだ。

パズルのピースの凹凸(おうとつ)がかみ合わないみたいだ、縁は思う。

けれども縁にとっては、これから温かさを確かめていく、その土壌がやっと整った瞬間だったのだ。

同じ言語を話せるのに、「あなたを愛しています」という一言だけが全然違う意味をしていた。そのことに、最後まで気付かなかった。誼も、自分も。

だから、もう二度と同じ場所に行き着かずに済むように。

「好きって言わない。絶対」

あえて口に出して言って、縁はソファから身を起こした。


セックスを求められたのはあの一度きりで、何で嫌なのと聞かれもしなかった。何かの意図があって詮索しないのではなくて、聞けないのだろうと思う。

『どうして俺を拒んだの』

その一言が、きっと誼の胸の中には渦巻いている。置いてきぼりにされた愛情や恋心と一緒に。

どうすればいいのだろうと悩む傍ら、スマートフォンで求人サイトを見ていたら何時間も経っていた。たぶん、もうすぐ来客があるはずだ。来客は家の中が散らかっていようが気にしないだろうが、体裁は整えておくべきだろう。

「弐央くんに相談できたら良かったなあ」

弐央は相変わらず、誼のいない時にやってくる。最初の頃こそ、誼と縁のことを詮索して、嫌味の一つ二つ言ってから満足したように帰っていたのが、だんだんと、何のネタもなくたってそれはそれでいいからと言って、長居するようになった。

何度も会って話すうち、弐央の人となりがだんだんと分かってきた。弐央は基本的に頭の回転が速く大人びていて、無駄なことや理屈の通じない人間が心底嫌いな皮肉屋だ。その一方で作詞作曲に関しては子供のように目を輝かせて夢中になり、泥臭い努力を厭わないひたむきで純情な一面もある。縁の友達の方のニオとは、同じ名前なのに正反対の性格と言っていい。

そして、その価値観に照らして、縁は根本的に気に食わないようだ。

誼が「天使」と呼んで自分の家の中に囲い、何の用事よりも最優先し、夢中になっている縁を引き放したい。その目的のために接触してきていることを、始めからはっきりと口に出しているから、分かりやすかった。

「前は、誼くんはあんな感じじゃなかった」

弐央はそう言っていた。縁と一緒に住むようになってから、誼は感情的な性格になったという。なんだか子供っぽくなった、とも。

それはどうなのだろう、と縁は思う。縁の知る限り、誼はもともと自分を制御できないことがあるほど、気性の激しい人間だ。

　弐央の言うことが本当なのだとすれば、縁に対してだけそうなってしまうのか、それとも元々持っている気質を縁の前でだけ見せているのか、どちらなのだろう。

　そのどちらにせよ、誼にとって縁だけが特別なことを、弐央は許せないらしかった。

　会うたびに色んなことを言われた。人懐っこい笑みを浮かべて言うから、悪口を言われたと認識できないこともたまにあるぐらいだが、弐央はけっこうなことを言う。

　いい年して同じ年の男の生活に寄生して恥ずかしくないのか。少し見た目が小綺麗だからっていい気になるな。あと数年もすれば三十超えて定職にも就いていないみじめなオッサンになる。これ以上醜態（しゅうたい）を晒（さら）す前に早く出ていけ。不眠症を言い訳に誼くんをあんたの人生に巻き込むな。他人に迷惑をかけるだけの存在は消えた方がいい。

　そのすべてが事実だから、弐央に何を言われても「そうだねえ」「ごめんね」と縁は笑って謝っていた。こうして笑っていれば、そのうち悪口を言うのに飽きて、どうでもいい世間話を始めてくれる。そうして、コーヒーを出せば「ありがとう」「美味しい」と言ってくれるのだ。根は割と可愛い子なのだろう。

　この頃の弐央はなんだか、縁に悪態（あくたい）をついた後に、自分の方が傷付いたような顔をする。

　たぶん、今日。もうそろそろ、弐央が来る。誼がいちばん忙しい火曜日の、昼。

　カーテンを押し開けて外を見ると、腕に袋を提げた弐央が、ポケットに両手を突っ込んで歩いてくるのが見えた。だから、今日は先にコーヒーを淹れておいてあげようと思った。

チャイムが鳴る。ドアを開けると、いつものラフな恰好で、心もとなそうに弐央は立っていた。


「縁ちゃん」

「いらっしゃい、弐央くん。ちょうどコーヒー淹れたよ」

笑って出迎える。誼のことに頭を悩ませていたから、可愛い弟分の顔を見るのは気分転換になった。

「……」

弐央はじっと黙って縁の顔を見つめてきたあと、ふいと顔を逸らして、縁の手に袋を押し付けてきた。

「あ、お土産くれるの？　ありがと」

「ハンバーガー好きなんでしょ」

「え、なんで知ってんの？」

「この前言ったじゃん。忘れたの？」

「言ったっけ……？」

「はは」と誤魔化し笑いをしながら指先で頬を掻いていると、弐央は機嫌を悪くしてぶすっとした顔で家に上がる。

「あ、待ってよ。ありがとー弐央くん」

「なんであんたってすぐ忘れるの？」

すたすたとリビングに向かい、ソファに猫のように崩れ落ちた弐央は、半分くらい溜息に掻き消えた声で言った。弐央が買ってきてくれたハンバーガーの袋をテーブルに載せた縁は、視線を斜め上に逃がした。

「なんでって……馬鹿だから、俺」

忘れるというよりは、そもそも自分が何を言ったか覚えていないことがよくあるのだ。不眠が続いたとき、白くけぶったようなぼんやりした意識の中で、もう一人の自分が勝手に喋っているような感覚のときがある。一説によると睡眠不足が二週間続くと酩酊(めいてい)状態に近い脳の働きになるというから、そのせいなのかも知れない。

「……」

弐央のきつい視線を感じる。あのじっとりとした半目で睨まれているのだろう。

「きょ、今日はちゃんとミルで引いたやつ淹れたから」

どうにか弐央の気を逸らそうと、キッチンへ退散しようとする。が、手を掴まれて、縁はバランスを崩して転びそうになった。

「わっ、あぶな…な、何？」

「なんでもそうやって『馬鹿だから』で流すのやめろよ」

困惑しながら弐央の顔を見下ろすと、綺麗な顔には焦りと混乱が浮かんでいて、狼狽したように目を泳がせていた。

嫌な感じに心臓がどきどきしていた。可愛い弟分と気晴らしのお茶会でもするような気持ちでいたのが、まるでとんちんかんだったことにやっと気が付いた。

「なんであんたってそうなの？　ほんとに苛々する。何を言ってもへらへら笑うだけで、泣きもしないし困りもしない」

「え……」

「聞けよ。俺、あんたを傷付けるために言ってるんだよ。あんたは最悪だ。天使みたいな顔して周りの人間をめちゃめちゃにする」

「…ごめんね」

「うるさいな。この家から早く出てけよ。頼むから早く消えてよ。じゃないと俺――」

だんだん弐央の声が潤んできたことに気付いて、縁はその場に跪いた。

握られていない方の手を、頭に伸ばす。見た目通りの柔らかい猫っ毛を、二度、三度手のひらで撫でた。

「やめて…」

「泣かないで。ごめんね弐央くん」

「言ったことすぐ忘れるの、何か原因があるっぽいのに教えてくれないの寂しい。それで俺がイラついても笑って流されると相手にされてないんだって思う。だから俺はもっとむかついて、酷いこと言う。どんどん嫌な奴になる。でもあんたはそうやって俺を許すんだ」

俯いた拍子に、弐央の目に溜まっていた涙がとうとう零れてしまった。綺麗な涙だと、頭の隅で思った。

「ごめんね、俺、弐央くんを傷付けてたの、気付かなかった。俺馬鹿だから、弐央くんが何にこんなに焦ってるのか分からないけど……俺、ちゃんと、誼が俺に飽きたら出ていくから。もうそんな言い方やめなよ」

こんなに繊細な子だったのか、と思った。縁が己を守る術としてやっていたことが、ずっと年下の子を傷付けていたのだと知って、後悔した。

「だから、やめてって――」

弐央は、それでも耳や頬を撫でる縁の手を受け入れてくれた。項垂れて目を伏せた彼は、少年のように愛らしく見えた。

「分かってたのに、俺」

「何？」

「……好きになっちゃいけない人だって、分かってるのに、今も」

頭を撫でていた縁の手を取って、弐央は縁の指先に唇を押し付けた。押し付けたまま、上目遣いに、縁の目を見つめてくる。

「え…」

そのまま手を引っ張られて、気付けば腕の中に閉じ込められていた。髪に鼻先を埋めるように、頬を何度も擦り付けられる。誼とは全然違う、甘い香水の匂いがした。

「縁ちゃん。こんなアパートに飼われてないで自由になりなよ」

「な、何…」

「だって、そういうことでしょ。もうさすがに俺にだって分かるよ。縁ちゃんが誼くんに寄生してるわけじゃない。誼くんが縁ちゃんをどこか、元いた場所から攫ってきてここに閉じ込めてる。縁ちゃんから色んなものを奪って、一人で生きられないようにして」

「それは違…、」

抱きすくめられて、息が苦しかった。

「違くないよ。俺、ちゃんと調べた。縁ちゃんが一緒に住んでた友達に、関西の会社紹介したのは誼くんだよ。人伝てに、足がつかないようにして」

「嘘、」

「嘘じゃない。変だって思わなかった？　住む場所がなくなった途端にタイミング良く誼くんが迎えに来たの」

「……思った、けど」

「ねえ、縁ちゃん。俺が誼くんから守ってあげるから。眠れないなら、知り合いの信頼できる睡眠科紹介してあげる。住むところも見つけてあげる。俺と一緒においでよ。俺、一族から追放されたっていいよ」

それは駄目だ。

ほとんど真っ白の頭の中で、反射的に縁は思った。

「駄目」

「なんで？」

頭と背中を支えられて、そのまま床に押し倒された。

「……っ」

「なにが駄目なの」

一族から追放される程度で済むわけがない。誼がその程度でこの子を許すわけがない。絶対にもっと大変なことになる。弐央の歌の仕事にもきっと影響が出る。それに――。

「……駄目、俺…」

顔の両脇に手を突かれて、逃げ場がなくなってしまう。

息が詰まって、しゃくり上げるような呼吸になってしまった。

「俺、誼のそばにいないと」

言ってから、縁ははっとして目を見開いた。自分の口から出た言葉に自分で驚いた。どうして今この状況で、自分がそんなことを言ったのか、自分でもわからなかった。

「なんで?」

「わ、わかんないけど……っ」

「誼くんのこと好きなの?」

「それは…」

それは、縁がやっとのことで「口にしない」と己に結論付けたことだった。

「言えないの?」

「……」

弐央は顔をくしゃくしゃに歪めて、吐き捨てるように言った。

「そんなの、ただの共依存だ。愛じゃない」

弐央が口にした言葉は、腹の真ん中に突き刺さった。

突き刺さった刃の重たさのあまり、一瞬、息ができなくなってしまった。共依存と呼ばれたことに、血が噴き出すように反発の感情が溢れ出てきたことに縁は少し驚いていた。

「じゃあさあ、俺にもさせてよ、『天使くん』」

弐央の口にしたかつての縁の渾名に、視界が暗くなるのを感じた。その言い方で、意味がばれているのだと分かったからだ。

「天使って、諠くんが最初に言ったとき、俺、てっきりあんたが可愛いからそういう渾名になったんだと思ってた。そうじゃなかったんだね」

黙りこくって何も言えない縁に、弐央はなおも言い募った。

「ねえ、普通は引いちゃうよ、縁ちゃん。俺は別にそういう縁ちゃんでも……いいって、思ったんだけど」

弐央は涙声でそう言って、顔を伏せると、縁の首筋に歯を立てた。この前の諠とのことがフラッシュバックする。こんなところで血のつながりを感じたくはなかった。

「いっ……」

甘噛みというレベルを超えて、肉に歯が食い込んでくる。身体がびくんと跳ねてこわばる。縁が反応したことに満足を得たのか、謝るように歯を立てていた場所を、舌先で撫でた。

「あ、待っ…」

待って、と言おうとした口を唇で塞がれる。音を立てて何度も唇を吸ったり離したり、それはまるで、「今キスしてるからな」という主張のように聞こえた。

「ン、ん…ふ……」

酸欠になって、徐々に視界がチカチカしてくる。身体を押し返そうとする気配が伝わったのか、それを妨害するように両腕で頭を抱き抱えられた。行き場を失った手が宙を彷徨う。唇を割って入ってきた舌先に柔らかいところを蹂躙されて、息ができなかった。

「…っはあ、ごめ…縁ちゃん、泣かせちゃった」

不意に顔が離れて、弐央の指先が縁の目元を拭った。いつの間にか涙が出ていたようだ。泣いていたわけじゃない。息が苦しかっただけ。そう伝えたいのに、息が乱れてうまく言葉が出てこない。

「に…におくん」

舌っ足らずになってしまって、顔から火が出るほど情けなくて恥ずかしかった。

「お、おれ…、もう二十七なの。おっさんなんだよ…」

「…知ってるけど」

「髭だって薄いけど生えるし、ちんこついてるよ。毛も生えてる。十代の可愛い子ならまだしも、ちょっと骨格が細いだけの、何でもない普通の男なんだよ。俺なんて、そんなにいいものじゃないんだよ。誼が飼ってるから、ちょっと良く見えるだけ、……っ」

必死に話している途中で、唇の端に噛み付かれて、ぶつりと音がした。噛まれたところが熱くなって血が滲んでくる。

「この期に及んでそんなくだらないこと言うなよ。だから駄目なんだよ」

「……」

そんなことは、口にしている自分がいちばんよく分かっていた。たぶん自分の言い分は的外れだ。弐央の必死の訴えも、すがりつくような眼差しも、何もかも踏みにじるような酷いことを言っている。でも、それなら何を言えばいいのか、こんな空っぽの頭では思いつかないのだ。

「俺ここに入れたい」

弐央は、手のひらで縁の腹部をぐっと押した。

「薄っすいお腹。内臓入ってんの？　ちんこ入れて確かめてみていい？」

あえて乱暴な口調を選んだのだと分かった。腰を押さえつけられて、膝で股の間をぐりぐりと押される。声を上げそうになって、両手で自分の口を塞いだ。

「誼くんともこういうことしてるんだろ」

「してな…、」

「嘘つき。誼くんだけじゃないでしょ。他にも色んな人と、お金もらってヤってたんでしょ。じゃあ俺だけ駄目な理由なんてないよね？」

なんで俺は、この子にこんなことを言わせてしまったのだろう。本当に馬鹿だった。弐央は今、自分の口にした言葉で自分を傷付けている。

「弐央くん」

「なーに」

キスをしようと寄せられた唇を、手のひらで押し返すように塞いだ。

「口で…」

今までこんなことでしか、物事を解決してこなかったから。そのツケが今回ってきているのだと思った。

「口でなら、するから……」

俺、最低。

世界でいちばん最低だ。死にたくなるような気持ちで弐央をソファに座らせた。

弐央の脚の間に身体を押し込めると、波のように不安が押し寄せた。売春をしていたのは前世のことで、今世では噂だけのことだった。上手くできるかどうか、自信がなかった。

（俺、この前誼を拒んだばっかりのこのソファで、弐央くんにフェラしようとしてる）

弐央の腰の辺りを手で撫でながら、ズボン越しに股間に口付けた。たったそれだけのことで、ぴく、と弐央の腰が反応した。欲を紛らわしたいのか、弐央は落ち着かない様子で縁の髪を弄んでいる。

上手く力の入らない手でどうにかジッパーを下ろして前をくつろげると、下着は苦しそうに張りつめていて、先走りが布越しに滲んでいた。

鼻先に濃いカウパーの臭いが漂って、こんな綺麗な男の子にも性欲があるんだな、と頭の片隅で思う。下着越しに性器の形をなぞるように舌を這わせると、張りつめていた下着の染みがどんどん広がってくる。期待してるんだなと思った。弐央の心がどうかは分からないが、身体は正直に先の行為を縁にねだっている。下着をずり下ろしたら、腹につくほどそそり立った男性器の先から、つうっと先走りが零れた。絶対、動揺を顔に出してはいけない。

頭をフル回転させて記憶の底から前世の経験を少しずつ引き出した。

カリや鈴口に口付けしながら、弐央の様子を窺う。弐央は真っ赤な顔で呼吸を乱していた。さっきまで縁の髪を触っていた手も止まっている。

（良かった、合ってるみたいだ――）

鈴口に溜まった汁をちゅうと啜り上げて唇を離すと、透明な粘液の糸が引いた。

「……っ、縁ちゃん」

たまらなくなったらしい弐央は、縁の後頭部を掴んだ。

前世のように上手くできている気はしなかったが、弐央にとって上手い下手はあまり関係ないようだった。亀頭を唇で包み込んでやると、それだけで気持ちよさそうに声を漏らしていた。

「……っぷ、げほ」

口の中に溜まってきた体液を上手く飲み込めなくて、むせてしまう。

「あ、ごめ……」

呂律の回りきらない口調で弐央が謝って、口の中から性器が抜かれる。体液でべたべたになった口元を、一度親指で拭ってくれた。

「大丈夫？」

「……ん」

無意識なのか、弐央の手が頭を撫でてきた。撫でられる感触にいたたまれなくなって、縁は再び股間に顔を埋めながらさりげなく弐央の手を取った。指を絡め、手を繋ぐ振りをして、傍らに弐央の手を押さえつける。

「あ、はあ、縁ちゃん、気持ちい……」

濡れそぼった陰茎を指でしごきながら、何度も頭を動かして、亀頭を吸い上げる。早く終わってほしい、でも投げやりにしてはいけない。舌先で裏筋を刺激したら、弐央の腰が浮くのが分かった。

（あ、良かった、イけそうなんだ…）

安堵していると、深く腰を進められて、えずきそうになる。弐央はそれから、ほとんど好き放題に縁の喉の奥を性器で突いた。

「ン、ンッ、ぶ、う……うっ」

「ごめん、縁ちゃん、ごめんね、ごめんね」

うわ言のように繰り返しながら、弐央の両手が胸をまさぐってくる。言ってることとやってることがばらばらだ。性欲に駆られて身体が言うことを聞かないようだった。指先で服越しに乳首を探り当てられる。両方の乳首を強い力で引っ張られて、悲鳴が漏れた。

「ンン…！」

「縁ちゃん、気持ちいい？」

「ヒ…、うっ…う、うう……」

気持ちいいよりも、痛くて怖かった。

誼。助けて。

心の中で誼を呼ぶ。呼んだって仕方ないことは分かっている。

みじめで心が苦しくて、目を開けていられなかった。それでも身体は刺激されれば気持ちいいから、心と裏腹に勃起してしまう。たぶん弐央も同じなのだろう。気持ちいいと口走る声は泣き出す寸前のようだった。

口の中で性器がびくびくと跳ねて、カウパーよりも濃い粘液の塊が吐き出された。弐央の射精はなかなか終わらなくて、その間、縁は目を閉じて吐き出される欲を喉の奥に受け止めていた。

「……飲んだの？」

ソファに崩れ落ちた弐央が縁にそう尋ねた。目は合わせずに頷いて、縁は手の甲で唇を拭った。

自分の存在を受け入れてくれたと思った人にさえこんな風にしかできない自分の醜悪さを、縁は呪った。

「……もう、ここに来たら駄目」

縁がそう口にすると、しばらくの沈黙のあとで、弐央は「わかった」と呟いた。

弐央が帰ったあと、縁は起き上がる気にもなれずに、ずっと床に丸まっていた。

社会や人間のことを大人よりもよく分かっている聡い弐央も、普通の男の子だったのだ、と思う。たぶん同年代の平均的な男の子と比べても遊び慣れていないのだろう。性器を唇や舌であやされただけで、すすり泣くような声を上げて堪えられずに達してしまった。

ただ純情に夢を志して、ひたむきに社会と渡り合いながら生きていた男の子の心と身体を穢してしまったという思いが、全身に重しのようにのしかかっていた。

弐央はたぶん、もうここへは来ないだろう。弐央の心は縁が望んでいなかった身体の関係に持ち込んだという罪悪感でめちゃくちゃのはずだ。弐央との関係は、自分のせいで壊れてしまったのだと思った。

弐央に「俺と一緒においでよ」と言われるまで、弐央が自分に恋愛感情を抱いていたことも、誼から奪うつもりでいたことも、全くわからなかった。ほんの数時間前まで弐央に会えると浮かれていた自分が滑稽すぎて、死にたい気持ちになっていた。

そうしてぼんやりと顔を上げて、時計が目に入った途端、縁は息を呑んだ。

「あ、待って。おれ、バイト…」

気付けば、とっくに出勤時間を過ぎていた。スマートフォンは部屋のベッドの上だ。

着信がバイト先から四件入っていた。全部夢だったらいいのにと思いながら、力の入らない手でバイト先へ遅刻の謝罪電話を掛けた。

4、ひどいこと

今まで定期的に来ていた弐央からの連絡がある時からぱったり途絶えたことで、誼は弐央と縁の間に何かあったことを察したらしい。問い詰められて咄嗟に上手い言い訳も考えられずに、縁はあの日のことを正直に打ち明けた。

「最初から嫌な予感がしてた」

誼の本気で怒っている瞬間を判別するのは難しい。不機嫌な表情はいくらでも見てきたけれど、誼がそれを顔に出すのはそれを縁に察して構ってほしいときに限った。誼は面倒な奴なのだ。「不機嫌だよ、だから俺を構って、俺のご機嫌を取って」というポーズであることがほとんどだった。本気で気分を害したり、本当に怒っているときほど、誼はそれを内側に引っ込めて、顔には笑顔を貼り付ける癖がある面倒な奴なのだ。だから、縁には誼が平気なのか、それとも手に負えないぐらい怒っているのかまったく判別がつかないときが、過去数多くあった。でも、今は分かる。

「だってほら、あいつ、縁に対して初対面から思春期のガキみたいだったし」

左手でテーブルの上に頬杖を突き、右手でくるくるとペンを回しながら、妙に朗らかな口調で言う。口元には微笑みを浮かべていた。

「本来はね、弐央ってあんな子じゃないんだよ。もっとダウナーで、要領良くてダサいことが嫌いでさあ。初対面の人に突っかかったり、気を引くような意地悪な態度なんて俺の知る限り、取らない子なんだよね」

演技じみた仕草で視線を斜め上に流すと、誼はふうと細い溜息をついた。

「こいつ縁のことむちゃくちゃ意識してるなあってね、分かってたんだけど」

普段の誼はペン回しなんてしない。それに、さっきから書きかけの書類が一向に進んでいない。縁はそれを、黙りこくったまま、まばたきもせずに見ていた。

「親戚の子だし俺のことも慕ってくれてたみたいだから、さすがに変な真似はしないだろうなって思ってた。甘かったなあ」

すごく怒ってる。

たぶん、今まで見た中でいちばん怒っていた。

「縁」

「…あの」

「ねえ、縁」

数歩離れた場所に所在なく立ち尽くしていた縁を、誼は「おいで」と呼び寄せた。目を合わせられずにいると、誼はペンの後ろを縁の顎の下に差し入れ、く、と顔を持ち上げた。

目が合った。

「二十歳の男の子の新品おちんちん、美味しかった？」

一瞬、何を言われているのか分からなかった。それからじわじわと頭が追い付いてきて、視界が白く弾けるようなショックを受けた。

「……な、」

思わず顎を持ち上げられていたペンを叩き落としていた。

「そんな、言い方…！」

「違うの？」

誼は笑顔を引っ込めて、真顔で縁を見ていた。

違っては、いない。その通りだ。たぶん縁が想像していたよりも、誼は縁と弐央の間に起こったことを、時系列的に正確に理解している。

「でも、よく俺に二週間も黙ってられたね、縁。君って隠し事死ぬほど苦手なのに。弐央を守りたかった？　情が移っちゃったのかな」

「それは…」

「大方、弐央が堪え性もなく押し倒してきて、流され魔の君は拒み切れなくてそういうことになっちゃったんでしょ。見なくても分かるよ」

まだ血の噴き出している傷口に容赦（ようしゃ）なくペン先を突き立てられたような気がして、縁は顔を顰めた。

「何その顔。言いたいことでもあるの？」

そう言われて、頭に血が上った縁は、黙っていようと思っていたことを思わず口に出してしまった。

「そっちこそ」

「何？」

「諠がニオに京都の仕事紹介したの？」

それは諠にとっては予想外の問いのようだった。はた、と動きを止めて、諠は形のいい目を見開いた。

「……誰に聞いた？」

「言わない」

「あ、そう。ならいいよ、言わなくても。弐央だろ…って、同じ名前の人間が二人いると話がややこしいな」

あは、と短く笑った諠に、縁は無性に腹が立った。

「笑うなよ。俺、真面目に聞いてるんだよ」

「あー、うん。はいはい。そうだよ……すごいなあ、あいつ、そこまで調べたんだね。あいつの言う通り、俺が仁尾くんに仕事紹介した。足が付かないように。手間だったけど、ようやく上手く行った。ほんと邪魔だったからねあの人」

その最後の一言は、高校時代にも誼の口から聞いたことがあった。

「じゃあ教えてあげるね。十年も経って俺と再会したの、おかしいなって思わなかった？ 今さら？ って。そうなんだよ。俺は十年も君を見つけられなかった。それ、仁尾くんのせいなんだよ」

「えっ……」

「高校卒業した瞬間に足跡も残さず消えたときはさすがに焦ったけど、君は詰めが甘いから、そのうちどっかで絶対に見つけられるって思ってた」

「う、嘘……」

「嘘じゃない。君は友達仁尾くんしかいなかったでしょ。だから仁尾くんの身の回りは定期的に調べてたんだ……だから、君が東京に戻ってきたらしいときも仁尾くんのとこから足がついた。でも、そのあとすぐに行方がわかんなくなっちゃった。縁、言ってる意味分かる？」

首を横に振る縁に、「だろうね」と誼は苦笑いを浮かべた。

「仁尾くん、君を守ったんだよ。俺が仁尾くんの身辺を嗅ぎまわってたのも察してたんだろうな。仁尾くんと一緒に住むようになってから、何度か意味もなく引っ越したでしょ？仁尾くんの気まぐれだって思ってた？」

「……思ってた」

「あはは。おめでたいなほんと。仁尾くんてすごいよ、高校時代からずっとそう。ずっと飄々と遊んでる振りして…いや、ほんとに遊んでるんだろうけど、好きなことやりながらも大事な友達が駄目にならないように、できる限り守ってきた。あの人から君を奪うのは大変だった」

知らなかった。そんなことは何も。

「仁尾くんが京都に行く前に一回会ったんだ。言ったでしょ、直接アパートの場所聞いたって。引き抜きの話にＯＫした途端に俺が縁の前に現れたの、タイミング良すぎて変だって思ったんだろうね。俺の差し金だって勘付いたみたい。向こうから俺に連絡とってきたからびっくりしたよ」

その頃のニオの様子を思い出す限り、まったくそんな素振りは見せなかった。どうして。こっちには何も言ってくれなかったのに。

「それで、もう隠せないからネタ晴らししたんだけど……彼、『やっぱりかあ』って言ってた。珍しく困った顔してたね。『ヨリに酷いことしないで。いい奴なんだ。色々足りないけど、優しくて素直な、いい奴だから』って。だから俺、約束したんだよ仁尾くんと。何が『酷いこと』になるのかは分からないけど、優しくするって。俺、優しかったでしょ、ずっと」

何も言えなくなって、俯いたら涙が零れてしまった。

ニオ。なんで何も言ってくれなかったのだろう。京都に行ってしまってからはほとんど連絡もとっていない。

「酷いと思う？」

「誰を」

「結局、君を捨てて自分のやりたいことのために行っちゃった仁尾くんのこと」

涙を手の甲で拭う。ここにはいないニオに今もこんなに分かりやすく嫉妬している誼のことがちょっとだけおかしくなって、小さな笑いが漏れた。

「正直、ほんのちょっとだけ」

「そう。でもね、たぶん彼、ちゃんと考えたと思うよ」

「どういうこと？」

縁が素直に尋ねると、諠は縁の顔に手を伸ばしてきた。頬を手のひらで一度ゆっくり撫でてから、目のふちに溜まった涙を指先で拭った。

「これは言うつもりなかったんだけど。『俺みたいな奴だと、たぶん駄目だから』って言ってた。『俺と一緒じゃヨリはずっと淋しいままだ。そこまでヨリに執着するなら、ちゃんとヨリを助けてあげて』って」

「何それ」

確か、似たようなことを諠の口からも言われたことがある。

「本当に分からない？」

「分かるわけないだろ」

「嘘だ。縁、ちゃんと考えて。本当は、君って、愛でぐちゃぐちゃになりたいんだよ。仁尾くんとはそういう風になれない。君が本能で求めてるもの、彼は持ってないから。あの人にとって君を含めた世界のすべては、ゲームや漫画と同じようなコンテンツにすぎない。触れて楽しい、面白い。それだけだ。彼の『愛』ってそういうものでしょ。相手に自分を見て欲しいと望むこともなければ、何と引き換えにしてでもその人の心が欲しいと執着することもない」

諠は愛という単語を口にしながら、その言葉の温かさとは裏腹の突き刺すような鋭い笑みを浮かべていた。縁なりに大事に思っていた、ニオと一緒にいた時間すらも間違いなのだと否定されるようで、縁はその笑みに怯えた。

「俺はずっとそう思ってた。高校のときから、縁はいつも淋しそうだったから」

誼の言うことを、縁は混乱した頭で受け止めていた。分かるようで分からないようで、でもどこか腑に落ちるような気がしていた。

「まあいいや。今日は泣かせちゃったから」

このくらいにしておくね、と意味深なことを言って、誼は立ち上がった。

「どこ行くの誼」

「ちょっとやることあるから、俺」

醒めた顔付きをしていた。

高校時代の、苛立っていた誼と同じ表情をしていた。

それから何週間もしないうちに、ネットでＮＩＯの実家が炎上した。脱税を行っていたことが告発されたようだった。クリーンなイメージで売っていたネオラボというバンドにとって、致命的ではないにせよ、後ろ暗い印象を与える出来事となってしまった。イメージの回復には、それなりの時間と労力がかかるはずだ。

帰ってきた誼を、おかえりとただいまを交わす間もなく捕まえて、ＮＩＯのことを尋ねた。

「誼」

「どうしたの血相変えて」

「弐央の実家のこと、ＳＮＳに書き込ませたのお前だろ」

必死に問い詰めると、誼はあっさり頷いた。

「そうだよ」

「なんで、そんな酷いこと…」

「酷いかな？　まあでも、仁尾くんとの約束通り縁には何も酷いことはしてない。俺の飼ってる子にちょっかいを出した生意気な親戚にいやがらせをしただけ」

いやがらせ、とはっきり言った誼に、縁は何も言えなくなってしまった。

「そんなに嫌な顔されるとは。怒った？　まあ、怒ったところで何もできないでしょ。縁には」

その通りだ。何もできない自分のみじめさに嫌気が差して、スマートフォンをソファに向かって放る。その縁の手を取って、誼は満足そうに目を細めた。お前には何の自由もないのだと、言い聞かされているのだと分かった。

ついこの前まで、温かい、幸せだと感じていた誼との関係が、急に高校時代の殺伐（さつばつ）としたものに戻ってしまったような気がした。

諠を怖いと思った。この男は、過去に二度も自分の命を奪った人間なのだと、もう思い出したくもなかった事実を、鼻先に突き付けられたようにありありと思い出してしまう。

殺される、と思ったわけではない。今すぐそんなことにはならないだろう。そうではなくて、また諠が言葉の通じない、得体の知れない怪物になってしまったことが、恐ろしくて悲しくてならなかった。

その日から、諠と一緒に住み始めてからだいぶ和らいでいた睡眠障害が急激に悪化した。かつてなかったほど何日も眠れない日が続き、何の薬を飲んでも効かなくなった。諠と仲直りしたい、元通りの関係に戻りたい、弐央のこともどうにかフォローしたいと思っているのに、自分の生活を維持することだけで精一杯になってしまった。

頭がぼうっとして、注意力が散漫になり、日常生活の中の些細な場面での判断力が著しく落ちた。覇気がなくなって、反応が遅れる。最近ようやく慣れ始めてきていた出版会社のバイトにも支障が出るようになっていた。

そんなさなかのことだった。

ある日、バイト先に出勤すると、同じ島の人達が一つのパソコンの画面を見て、小声で何か話し合っていた。

「おはようございます」

異変を感じながらもとりあえず挨拶すると、端にいた契約社員の人が、気まずそうな笑みを浮かべて「あー」と曖昧な声を出した。

「……？　なんですか」

縁の疑問に、集まっていた人は顔を見合わせて、挨拶を返すでもなくそそくさと自分たちの席に戻っていく。

「あの…」

今日は遅刻したわけでもないのに、この冷ややかな反応は何だろう。出勤時間を間違えたのだろうか。

冷や汗をかきながら、唯一反応してくれた契約社員の人に視線を送って助けを求める。と、彼女は居心地悪げに左右に目を泳がせたあと、仕方なさそうに教えてくれた。

「メール。とりあえず見た方がいいですよ」

「メール？」

「個人メールじゃなくて、雑誌仕入部の共有のメールボックスの方です」

促されるままにパソコンを立ち上げ、部内共有のメールボックスを開く。その一番上にあるメールのタイトルを見て、息が止まった。

【御社スタッフの鳩羽縁さんについて】

そのメールを開く手が震えた。

嫌だ。嫌だ。どうして。誰か助けて。

メールには、鳩羽縁はゲイで、中学時代からずっと売春を行っている。睡眠障害で精神障害もあり、今までも何度も仕事を首になっている。現在も男性の家を転々としながら暮らしている。まともな人間ではない。即刻解雇すべきだ。そう書いてあった。

(弐央くんだ…)

追い詰められた弐央が、誼と縁を恨んでやったのだと思った。

顔を上げることができなかった。

心臓の裏を冷たい汗が流れていくような感覚がした。胃のあたりはドクドクと嫌な感じに波打っていて、呼吸が浅くなる。

すでにメールの内容は部署中に知られているのか、静まり返ったオフィスの中に、キーボードを打つカタカタという音と電話の応答の声だけが響いている。周りの人達が、意識をこっちに向けているのが分かる。

『ねえねえ、あれってどこまで本当なんだろうね』

『でも、確かにあの人よく遅刻してくるよね?』

『女っぽい見た目してるし、たぶんゲイなのは本当でしょ』

声ならぬ声が聞こえてくるようだった。自分が出勤してくる瞬間まで、あの人だかりの中で交わされていた会話はそういうものだったに違いない。

このメールを見た縁がどういう反応をするのか、みんな気にしているのだと気付いたとき、くらくらと眩暈（めまい）がした。

『天使くん』という不名誉な渾名で呼ばれていたときのことを思い出す。あの頃は、自分なんてそういうものだと平気で受け流せていたのに、今は頭が真っ白になるほど辛くて、消えてしまいたいほど心細かった。

諠。諠。助けて。

この場に諠がいたら、真っ先に、当たり前のように縁をかばってくれただろう。

そう思って初めて、これまで諠に守られていたことに気付いた。縁が上手く生きられない世界からかばわれ、君には守るだけの価値があると毎日繰り返し刷り込まれているうちに、いつの間にか固まっていた心がこんなに柔らかくなってしまっていた。

内線が鳴った。人事部の番号だった。

「鳩羽さん、ちょっと第二会議室まで来て頂けますか」

困惑した声だった。すでに人事部まで話が行っているようだ。

回り切らない頭で「はい」と返事をし、受話器を置く。全身が痺（しび）れたようになったまま呼び出された会議室へ行くと、直属の上司である課長と人事部の誰かが、低い声で何事か相談しながら縁を待っていた。

「あー、鳩羽くん」

ふらふらと会議室に入ってきた縁に気付くと、課長がよく肥（こ）えた分厚い手でこっちこっち、と手招きした。

「とりあえず、お疲れ様」

「はい」

「ちょっとまあ、分かってるとは思うんだけどさ。今朝がた来てたメールの件さ。まあどこからどこまでが真実で嘘にしろ、ああいうの会社に持ち込まれちゃうとね」

「で、でもあれは、ただの嫌がらせです。内容もでたらめの……」

「だとしても、こういう業務に影響が出るレベルのトラブルを現状抱えてるってことが問題だとは思わない？」

「それは…」

「かわいそうなんだけど、やっぱりこうなっちゃうと、たぶん職場には居づらくなるよねえ、これから……」

視界が暗くなってくる。

怖かった。何をどうやっても、すべてが悪い方へ向かう運命の流れのようなものを確信めいて感じて、何も考えられない。

「それにさ、君って遅刻多いでしょ。頑張ってるからもう少し様子見ようかって言ってたところだったんだけど、ね。社会人としてはそういうの、致命的なわけでさ」

「……はい」

何ひとつ、上手くやれない。生きることそのものが、向いていない。

目に見えない誰かの手でそう烙印(らくいん)を押されたような気がした。

「今日はもう帰っていいから」

会社を追い出されるようにして後にした。

縁の処遇については、部長が出張から帰ってくるまで保留するということだったが、十中八九クビになることは課長の話しぶりから伝わってきた。

家に帰る気になれずに、ネットカフェに行った。脳が現実逃避をしようとしていたのか、ネットカフェの椅子の上でいつの間にか眠りに落ちていた。

気付いたら、二十時を回っていた。

目が覚めて時計を確認した瞬間、覚醒しきっていない頭で「早く帰らないと誼が心配する」と焦って、それから、今日起きたことを思い出した。

とりあえず、帰らなきゃ。

でも、誼に何をどこまで、どう説明すればいいのだろう。あのメールのことを言えば誼の逆鱗（げきりん）に触れるだろう。今度こそ弐央が社会復帰できなくなるほど追い詰めるかも知れない。バイトをクビになった、と誼に一言報告して済むことなのか。別のバイトを見つけたところで、またあんなことになるんじゃないだろうか。

重い足取りでネットカフェを出て、錆（さ）びついた階段を下る。

「誼…」

気まずくなっていても、誼の顔を見たかった。心の拠り所が、今はもう誼しかなかった。俺って誼以外に何もなかったんだ、とぼんやりと考える。いつからこんな風になっていたのだろう。最初からか。

ぐるぐると考えていたら、唐突に、足元の階段がなくなった。視界がめちゃくちゃになって、身体のあちこちに衝撃が広がる。気付けば、ビルの看板と電柱、そして曇った都会の夜空が目に映っていた。

階段を転げ落ちたんだ、と、何秒も経ってから理解した。

「痛……」

あちこちが痛い、色んなところを擦り剥いている。頭もズキズキして、額に手で触れると、手のひらが血に濡れた。

「俺、情けな…」

階段を転げ落ちるという子供でもやらないような理由で怪我(けが)をして、なんだかなけなしのプライドもずたずたになった。命以外の何もかもを失ってしまったような気がする。

もう何も考えたくなかった。地面に手を突いて、身を起こす。両目が焼けるように熱くなって、ボロボロ涙が出てきた。嗚咽が止まらなくなる。淋しくて悲しくて、みじめだった。地面にぺたんと座り込んだまま、母親を見失った迷子の子供のように、声を上げて泣いていた。

罵(のの)られても見下されても何だっていいから、誼の顔が見たかった。縁の世界にはもう、誼しかいなかったから。

いつもより大幅に遅れた時間、顔の右半分を血で汚して帰ってきた縁を見て、誼はさすがに息を呑んだ。

「縁!」

手に持っていたスマートフォンを放り出して、駆け寄ってくる。

「どうしたの？　何この怪我」

「誼」

誼の質問に答えることもできずに、その場に崩れ落ちた。さっきあんなに泣いたのに、誼の顔を見た瞬間に、ダムが決壊したみたいに涙が止まらなくなってしまった。

誼は一緒に屈みこんで、縁の背にぺたんと手のひらをのせた。存外大きくて温かい手のひらだった。

「誼、抱いて」

「は？」

聞き間違いだと思ったのかも知れない。眉を寄せて顔を覗き込んできた誼の首筋に、両腕で縋り付いた。

「お願い、誼、抱いて。俺とセックスして。綺麗だねって言って、可愛いって。好きだって言って」

「縁」

「そのあとは何してもいいから。俺のことおもちゃにしてもいいし、その辺に捨てちゃったっていいから、お願いだから」

「縁」

「俺には誼しかいないんだよ」

縁がひどく動転している反動で、誼は冷静になったらしかった。ダンゴムシみたいになってしゃくり上げている縁を、誼は抱え上げて歩き出した。そのままソファまで運び、縁を座らせる。

「分かった。分かったけど、まずは手当てしよう、ね。縁。すごい血が出てる」

昨日まで弐央のことでぎくしゃくしていたのも忘れたように、誼は優しい声を出して、縁に言い聞かせた。誼がどこかに行こうとするのを察して、縁は誼の服の裾を両手で掴んだ。どこ行くの、やめて、一人にしないで、と言いたいのに上手く口が動かない。

「大丈夫。どこも行かない。消毒液と髪留め持ってくるだけだから。一分だけ良い子で待てる？」

黙って頷く間にも、眼の縁に涙が盛り上がってくるのを感じた。本当は、消毒液なんか持って来なくていいから一緒にいてよと言いたかった。

「ごめんね。すぐ戻ってくるから。待てるね、大丈夫だね」

小さい子供にそうするように頭を撫でて、誼は部屋を出て行った。誼に優しくされたことに、どういうわけか胸がシクシクと痛んだ。言いくるめられて置いて行かれたのではないだろうか、誼は本当に戻ってきてくれるのだろうかと、不安が膨らんだ。

　でも、誼は本当に一分と経たずに戻ってきて、洗面所から縁が朝の洗顔のときに使っている髪留めのクリップと、消毒液やガーゼの類を持ってきた。良かった。ちゃんと戻ってきてくれた。誼の姿が見えた途端、緊張がほどけた。安心と嬉しさで、両腕を広げて抱き着いてしまいたくなる。

「目閉じて。ちょっとだけ沁(し)みるよ」

　どうしてこんなに手際(てぎわ)がいいのだろうと思ってから、そういえば医者なのだったと思い出す。誼は家で全然仕事の話をしないから、つい忘れてしまう。もしかしたら自分は誼について、自分で思っているよりも忘れてしまっていることが多いのかも知れない。

「う…痛」

「うん。痛いね、ごめんね。もうちょっとで終わるから」

　洗浄と消毒をした後、軟膏のようなものを塗られていると、ズタズタになった心がようやく息を吹き返すのを感じた。縁の傷を治すために、誼が自分の知識を使ってくれているのが嬉しかった。大真面目な顔で縁に触れている誼を無心に眺めていると、ふわふわと力が抜けていくような不思議な心地良さを感じた。

「我慢できた。いい子だね」

「いい子?」

「そうだよ。お医者さんの俺が言うんだから間違いないよ」

わけのわからない問答だったけれど、その太鼓判がやたらと嬉しくて、泣きたくなるような安心を覚えた。

「思ったより傷は深くないけど、けっこう大きい痣ができてる。ガーゼ貼っておくけどいじらないようにね」

「……いじらないよ。子供じゃない」

「あ、ようやく言い返すくらいの元気出たね」

ふ、と誼は柔らかく笑って、指先で縁の髪を梳いた。

「髪もめちゃくちゃになってるけど、ひとまず、縁が家に帰ってこれて良かった」

縁の身体が痛まないように注意を払ってくれているらしく、ゆっくりと抱き寄せられた。

「大丈夫?」

「大丈夫じゃない……から、早く抱いてよ」

「ほんとにするの? 今?」

「うん」

「怪我人とセックスするのって気ぃ遣うなあ」

そんなことを言いながらも、事情を聴くよりも縁のお願いを聞く方を誼は優先してくれた。

「おいで。ベッド行こう」

「ここでいいよ」

「駄目。身体つらくなるよ」

よいしょ、と声を出して、誼は縁を子供にするみたいに抱っこした。トントン、と背中を優しく叩かれる。なんだこの体勢と一瞬思ったけれど、急に高くなった視界は新鮮で、特別扱いされている気分になった。

誼の部屋にそのまま運ばれる。一緒に寝ようと言われたら入るくらいで、縁が自ら進んで立ち入ることのない誼の部屋は、本が少し多い、至って普通の寝室だ。普段でもきっと縁が行けば入れてくれるのだろうが、どうしてかそこは勝手に踏み入ってはいけない場所のように感じていた。

「はい、到着」

ベッドの上に縁を下ろすと、誼は部屋の電気をつけに行った。

「え、電気つけるの？」

「見えないじゃん。俺の綺麗なとこ見てって言ったのは縁でしょ」

「み、見てとは言ってない！　それにほら、別に電気点けなくたって街灯とかリビングとかの明かりもちょっと入ってくるから真っ暗じゃないし……」

縁がうだうだと言うと、誼は呆れた目で見てきた。高校生の頃ほどには綺麗ではないだろう、自分の肌や身体つきに急に自信がなくなってきたのだ。自分の容姿にこんな変な不安を抱くのは初めてだった。誼は浅く息を吐いて言った。

「はいはい。じゃあつけないでおくから。縁が電気つけるつけないで揉める余裕出てきてよかったよ。あと、タオルとか敷いた方がいいのかな、傷開いたら大変だし」

なんだかいつもより誼は口数が多かった。いつもの誼は「タオルとか引いた方がいいのかな」なんて、とりとめのない思考をそのまま口に出すようなことはない。もしかしたら誼は、分かりづらく緊張しているのかも知れない。そうだったら嬉しいと思った。

「いいから早く来てよ」

ベッドに来たというのにぼそぼそしゃべり続けていて行為を進めてくれない誼に、縁は眉を寄せて文句を言った。誼は「あ」と我に返ったような声を出して、ベッドの上に乗ってきた。ぎし、とスプリングが軋む。

「ごめんね。ご機嫌損ねちゃった？」

この誼の淡白さが、正直言って拍子抜けだった。

「だって誼、全然その気じゃないんだもん」

「ええ……怪我人にそんながっついてたらヤバい奴じゃん」

「常識的にはそうかも知れないけど、高校の頃の誼はそんな感じじゃなかった」

「は？」

「ほぼ初対面の状況でいきなり舌入れてきたり、俺がやだって言ってもお構いなしに押し倒してきたり、本気で首絞めてきたり」

お前は全然ヤバい奴のはずだ、と縁が真顔で指摘すると、誼もカチンときたようだった。

「つまりそうされたいってこと？」

「な…違……」

「ごめんね気付かなくって。優しくされたいのかと思ってた」

嘘くさい微笑みを浮かべて嫌味を述べる。ようやくいつもの誼らしくなって、少しほっとする。

ちゃんと考えてみるとあほくさいことだが、誼は常に自分と性行為をしたいものなのだと思っていた。誼が求めていて自分が受け入れるか入れないか決めるのだと。こうなってみて、思ったよりも自分と誼は対等だったのだ、と気が付いた。

「……どうしたらその気になってくれる？」

だから、率直に聞いた。頭が悪いのだ。上手に誘導することなんてできない。

「自分から誰かを誘うことなんてなかったから、こういうとき、どうすればいいか分からない。誼をその気にさせたい。どうしたら俺に欲情してくれる?」

数秒の間、真顔で固まった誼は、口元を押さえて、笑い出す寸前のような声で言った。

「そんなこと聞かれたの初めてだよ」

「知ってるでしょ、俺頭悪いんだよ。教えてもらわないと分からない」

「縁……」

「全部見えた方がいいの? それなら電気つけてもいいから。俺、あんまりもう自分の身体とか、自信ないから——思ってたより綺麗じゃなくてがっかりされたら、してもらえないかもって……」

誼の手を握って、指を絡めた。自分の胸元に引き寄せて、両手で包み込む。透明な、潤んだような感情が湧いていた。淋しいような嬉しいような、上手く言葉にならない気持ちだった。

指の一本一本に音を立ててキスをする。爪や、関節の一つ一つ、舌の先で形や感触を確かめるように舐めた。この手がさっき、縁の額の怪我を手当てしてくれた。誼の手が好きだった。首を絞められたことがあっても、この先、またああいうことがあったとしても。

今、この手でもっと触って欲しかった。

「どうにかして、俺を欲しいって思われたい。抱いてもらいたい」

「あ――……」

誼は困り果てたように手のひらを額に当てた。笑い出しそうな、泣き出しそうな、よく分からない表情をしていた。

「呆れないでよ誼。俺真剣だよ」

「うん…うん。そうだね。本当に、君って…」

「バカ？」

「ううん、バカじゃないよ」

肩を抱き寄せられて、腕の中に閉じ込められていた。耳に頬や唇が押し当てられる感触があった。

「可愛い」

そのまま柔らかい布団の中に押し込むみたいに、押し倒された。

両脚の間に誼の身体が割り込んでくる。まだ膨らんでいない股間を、手のひらでぎゅっと押されて、肩がぴくりと震えた。シャツをめくられて、脇腹を手が這う。

「痣ができてる、腰のとこ」

「あ…」

「服も汚れてる。誰かに襲われたの？」

「違…、落ちたの。階段から。ていうかごめん、布団汚れちゃう」

「そんなのはどうでもいいよ」

何言ってるの、と呟くように言いながら、縁のズボンをずり下げた諠は、腰にできていた痣を労わるように撫でてくれた。

「怖かったね」

下着越しにキスした後、そのまま性器の形を確かめるように舌が這った。温かくて湿っていて、でも決定的な刺激を得られなくてもどかしい。やけに丁寧な舌先の動きに、だんだんと身体が敏感になってくるのが分かる。

「ちょ…と、それ、やだ、かも」

快楽の予感から逃げるように腰を浮かすと、すぐに手が伸びてきて両脚をホールドされた。

「本当に？　嫌そうには見えないけど」

芯を持ち始めている竿を尖らせた舌でつつ、となぞられると、先走りが滲んでくるのが自分で分かった。たったこれだけで体液を滲ませてしまう自分の耐性のなさが恥ずかしい。

なのに恥ずかしいと思えば思うほど、腰から下が甘く痺れるように重たくなっていく。

唾液と先走りで濡れた布を、内側から押し上げるように陰茎が立ち上がっている。貼り付く布が苦しくて、自分が勃起していることを嫌でも思い知らされてしまう。

「ねえ、あんま苛めないで、早く触ってよ…」

「そういうおねだりの仕方どこで覚えたの？」

顔を上げた諠の目に嫉妬の色が浮かんでいるのを見て、縁は心にすこしずるい喜びが湧くのを感じた。

「さあ…？」

「なんで嬉しそうなの」

わざと目を細めて意味深に微笑むと、諠はむっと口を尖らせた。拗ねた顔の諠は子供っぽくて可愛い。この愛嬌は計算ではないのだろう。自分以外に誰もこの諠の顔を知らなければいいのに、と思った。

下着を下ろされるときに、亀頭に布が引っかかって恥ずかしかった。露わにされた性器が、諠の視線を浴びておねだりでもするように小さく震えた。

「何まじまじ見てるの、やめてよ」

「おちんちんがついてるんだなあって思っただけ」

「……よく言われる。悪かったね、女みたいな見た目のくせに女じゃなくて」

「え、違うよ。男で良かったなあって思ってた」

そう言って、諠は鈴口に滲んだ先走りで唇を湿らせるように、柔らかく吸い付いた。愛おしんでいるような、あえて焦らしているようなかすかな刺激を、先端からカリ首、陰茎から性器の付け根へと滑らせていく。じれったくて気が狂いそうになるようなゆったりした動作で唇による愛撫を繰り返されて、先走りが止まらなくなっていた。

手付きの優しさに、大事にされている、と感じた。恥ずかしいのに嬉しくて、逃げ出したいようなしがみついていたいような、もどかしい気持ちになる。

「ひ…う」

「すごい可愛い。なんでそんなに可愛い声が出るの？」

もう一度愛おしむように亀頭に口付けた諠は、体液の分泌を促すように何度か鈴口を唇でなぞったあと、強く押し付けて吸った。粘液がちゅく、と音を立てて、耳の奥がぞわぞわする。

怪我をして、身体の至るところがひりひりズキズキしている中、強烈な快楽で高められて、今感じているこれが痛いなのか気持ちいいなのか、混ざって判別がつかなくなっていた。

「んッ……」

「声我慢しなくていいよ。可愛い声もっと聞かせてよ」

可愛い、と言われるたびに腰から下がうずいてしまう。すぐに達してしまいそうで、意識を逸らそうとしてわざと尋ねた。

「ン…、ねえ、『こっちで良かった』って、ど、いう意味」

「縁のどこをどうしたら気持ちいいのか、自分と同じ構造の方が多少わかりやすいから」

そんな即物的なことを言って、縁と目を合わせながら吐息だけで笑った。

指先でつつ、と裏筋を柔らかくなぞり上げられると、むき出しになった快楽中枢を直接触られているような鋭い快感が走って、自分の声ではないような高く細い嬌声（きょうせい）が漏れた。首をのけ反らせて強い快感をどうにか逸らそうとしたが、誼は縁が声を上げた場所を、繰り返し刺激した。指先が一定の場所に当たるたびに痙攣（けいれん）するようにびくん、びくん、と太股が動いてしまう。さっきから、誼は縁の性器のどこをどう触ると縁が反応を示すのか、丹念（たんねん）に確かめているようだった。

「ふ、う…」

誼の指先が敏感な部分に当たるたび、背中がびくつくのが恥ずかしくてたまらない。時折前世に覚えた快楽が蘇って、気持ちのいいところに誼の手が触れると、無意識に自分から腰を寄せたり、誘導するように声を上げたりしていることに途中から気付いた。自分でも忘れていた性感帯を誼の手で次々に暴き立てられて快楽を刻み込まれていくのは、怖いような、うっとりするような、暗い歓(よろこ)びがあった。

「あんまり焦らさないでよ…」

すすり泣きながら言うと、誼は我に返ったような顔をして、よしよしと縁の腰を撫でた。

「ごめんね、夢中になっちゃった」

指で輪っかを作って、カリ首から根元まで、陰茎を強くしごいた。縁の反応を見ながら力加減を確かめていたのが、縁の身体の悦ばせ方を見つけたようで、ねっとりとした律動を始めた。それだけでも昇り詰めそうになって苦しいのに、同時に陰嚢の中の睾丸を転がすみたいに舌で弄ばれる。だらだら、だらだらと、穴から出てくるいやらしい汁が止まらない。激しい水音が立って、快楽に溺れる姿を誼の前にさらけ出していることが恥ずかしくてたまらなくて、縁は思わずその場から逃げ出したくなった。

腰が無意識にずりずりと下がる。

「逃げない」

両手で腰を掴まれ抱き寄せるようにして、引き戻される。

「あ、あ…っ」

頭がぼうっとしてきて、瞼がとろりと落ちてくる。

「気持ちいい？」

「んん……」

『うん』と『ううん』のどっち、それ」

舌を陰茎に巻き付けるみたいにしてゆっくり裏筋を舐め上げられると、脳みそが溶け落ちそうな快感に腰が震えた。

「はあ、綺麗……ほんとに綺麗だよ、縁」

「あっ……んぁ、あ」

嬌声が駄々洩れで恥ずかしいのに、止めることができない。自分の反応さえ制御できないことが怖くて、でもこんな風に乱れる姿を誼に望まれているのだと思うとくらくらするほど興奮していた。じゅぷ、じゅる、と音を立てながら口の中に亀頭を収められる。様子を見るように、舌先でちろちろと鈴口をえぐるようにしてから、ゆっくりと喉の奥まで使って性器を丸ごと咥えられた。粘膜が熱くて柔らかくて、脳みそが蕩けそうだ。ふにゃふにゃになって甘えたいような気持ちと、自律を失ってぐずぐずの声を上げ続ける自分を恥ずかしく思う気持ちが交互にやってくる。口の中で陰茎にぴったりと押し付けられた舌がぐりぐりと動くたびに、尻の穴がひくつくのを感じた。

「よ、諠、ちょっと…」

イかされそうになって、諠の肩を掴んでぎゅうぎゅうと押した。諠が口を離すと、透明な粘液が唇と性器の間に糸を引いて、だらりと落ちた。

「何…どうしたの縁」

指先で口を拭いながら、億劫そうに諠は応じた。口淫を無理やり中断させられて不服そうだった。

「ねえ、なんでそんなにフェラが上手いの？　諠って男ともエッチするの？」

「かわいいこと聞くね」

不服そうな様子から一転、にやにやした笑みを浮かべた。心なしか目がきらきらしている。

「やきもち焼いてくれて嬉しいけど、違うよ。自分がこうされたら気持ちいいかなって思ったことを再現してるだけ。ほら、良かったでしょ。同じ身体の作りしてて」

「そう……」

やきもちを見抜かれて、頬っぺたに熱が集まってくる。安心したような、悔しいような、なんとも言えないこそばゆい気持ちになった。

「でも、さすがにここは――」

ぐちゃぐちゃに濡れた指先を、誼は唐突に縁の後ろの穴に滑らせた。

「……っ」

後ろの穴の入口をくすぐるように爪の先で引っ掻かれ、つぷ、と指先が埋まる。穴の入口を押し広げるようにぐいと力を込められて、縁は息を呑んだ。

「ここを馴らすのは初めてだから、力加減とかよく分からないな…痛くない？」

「うっ…ん、大丈夫……」

中に少しずつ指が入ってくるにつれ、体内を圧迫される感覚が強くなる。首筋や二の腕にぞわぞわと鳥肌が立った。

指が一本根元まで埋まった。ふう、と縁は細く息をつき、意識して力を抜く。前世や前々世の経験のおかげで知識はある。指や男性器を受け入れるとき、どのタイミングで力を抜けばいいか。どこに力を入れると中が締まって相手が気持ち良さそうにするのか。頭ではちゃんと分かっている。なのに、触られるたびにびくびく反応してしまう身体が、思い描いた通りに動いてくれない。

この身体で、後ろの穴に誰かを受け入れるのは初めてだ。それを意識した途端、心許なさと怖さを感じて、縁は焦った。どうしよう。『天使くん』の身体が本当は性行為のせの字も知らない未開発の身体だなんて、本当は怖がっているだなんて、誼に知られたくない。

だって、縁が怖がっていると知ったら誼は最後までしてくれないかも知れない。隠し通したい。どうにかして、ちゃんと繋がりたい。

「縁、平気？」

「うん。そのまま…動かして」

焦る気持ちを悟られないように押し隠す。動揺がまなざしに出ないように目を伏せた縁の表情を、誼は快楽と受け取ってくれたらしい。

「あ、あん…」

縁の漏らした声に安心したように、誼の肩からこわばりがなくなったのを感じた。ちゃんと騙されてくれたことに安堵する。きっと誼が今認識しているよりもずっと、縁は必死だった。

穴の中でゆっくりと指を動かしながら、そそり立った陰茎を口でしごかれると、苦しくさえ感じていた身体中の圧迫感が薄れて快感に変わっていくのを感じた。

「ひっ……んあ、ああ…」

中で動く指に前立腺を探り当てられた瞬間、背中を快感が駆け上がって、悲鳴じみた嬌声が漏れた。知らず知らず腰が揺れて、膝がびくんと跳ねる。

「待って、もう無理、でちゃ、出ちゃう…」

喘ぎながら助けを求めると、素直に手を離してくれた。

「イくのはもうちょっと待って。挿れるところまでしようね、ちゃんと」

「うん」

「……小っちゃい穴。きついよね、本当にこんなところに入るのかな」

心細そうな声だった。誼もわからないことがあると不安なのだと知って、嬉しくなる。

「大丈夫だよ。ちゃんと濡らせば入るよ」

「ちょっと、そういうこと言う?」

「え? あ」

誼が苛立った声を上げたことでデリカシーゼロのフォローをかましてしまったと気付いて、縁は慌てた。

「縁のバカ」

「うっ、ご、ごめ……」

「はあ…」

「や、やだ。やめないで」

引き留めるように、誼の首に両腕で縋り付く。

「やめないけど、縁がビッチなのは今さらだし」

「…ビッチじゃない」

「はいはい」

不満気にしながらも、背中を撫でてくる誼の手付きは優しかった。誼は全然信じていないようだが、ビッチじゃない。本当に。

「縁がおいで。俺の膝乗って。どうしたら気持ちいいのかやって見せて」

身を起こすと腰を抱き寄せられた。脚を開き、あぐらを掻いた膝の上にまたがる。胸の辺りに顔を埋められた。縁の心臓の音でも聞こうとしているみたいで、少し緊張した。

（これ、体重…預けてもいいのかな…）

恐る恐る裸の尻を落とすと、硬くなったものが当たった。

（あ、勃ってるじゃん…）

誼が自分の身体にちゃんと欲情したことが嬉しかった。

「苦しそう。早くおちんちん出して」

縁はせかすように、濡れそぼった性器を誼の腹に擦り付けた。もう怪我の痛みなんてどこかに吹き飛んでしまったように、気にならなくなっていた。

「ほんとに大丈夫？」

こんな状態になっていてなお、誼は縁に尋ねた。

愛されている、と思ってしまった。

「俺は平気だから。絶対に大丈夫だから、早く入れてよ」

縁の頭を掻き抱くようにして、諠は口付けを求めてきた。

不安定な膝の上で、両腕で諠の首に抱き着くように掴まったまま、寄せられた唇に縁は必死に応えた。

本当はずっとこの人に愛されたかったのだと思った。こうやって愛されることが望みだった。

いつか諠にもゴミみたいに捨てられるのかも知れないと思っていたくせに、ほとんど本能的に諠を呼んでいた。

そう遠くないうちに自然と失われることが決まっている容姿の美しさ以外に価値のない自分に、諠ならいつか別の価値を見出してくれるのかも知れないと思い始めていた。諠に対する自分の本音を、今の今、やっと認めた。

「おもちゃじゃないって言って」

「おもちゃなんかじゃないよ」

「俺を好きだって言って」

それは今まで、諠の前で決して口に出してはいけなかったはずの心の叫びだった。

「縁が好きだよ」

「誼、俺はまだ、綺麗かなぁ…っ?」

泣き叫ぶように誼に尋ねた。

指と比べものにならない質量が狭い穴に割り入ってきて、腰が砕けそうになる。

「綺麗だよ。天使みたいだよ。出会ったときから今でもずっと」

良かった。それならまだ、誼は俺を好きでいてくれる。それなら俺はずっと『天使くん』でいいと思った。うんざりして、あれほど忌避していた不名誉な渾名を、今は勲章のように思った。

「んっ……、あ……は、入ったよね、全部」

「根元まで、入った」

「ん、良かっ…あ」

意識が飛びそうになりながら、ゆっくりと確かめるように腰を動かしていた。

肌と肌が擦れて、ぬち、ぬち、と欲にまみれた音がする。繋がった場所は粘液でぐちゃぐちゃになっていた。繋がれたという喜びと中を擦られる気持ち良さでいっぱいいっぱいで、少しずつしか腰を動かすことができない。物足りなさを感じたらしい誼は、縁の腰を掴んで下から強く突き上げてきた。いきなり良いところを擦り上げられて、強すぎる快感に一瞬息もできなくなってしまった。

「そっ、そんなにしたら俺、で、出ちゃう、…っあ」

下から突き上げられながら、思いっきり誼の腹の上にぶちまけてしまった。それなのに、その間も、誼の腰が止まってくれない。

「は、あ…待って、イってる、俺いまイってるから……っ」

泣きべそを掻きながら訴える。

頭の中は真っ白で身体からは力が抜けて、これ以上の刺激を受け止める余裕なんかどこにもないのに、感じるところを突き続けられてめちゃくちゃになる。限界になって意識が飛びそうになったとき、射精の短くて強い快感とは違う、長くて深くて、頭の中が痺れるような絶頂に達した。痙攣しながら無意識に中を締め付ける。それと同時に、突き上げられた奥の方でびゅくびゅくと脈打つような感覚があった。

「あう、お、俺…中イキ……」

腹の奥に熱いものがじわりと広がるのを感じて、射精されたのだと分かった。

「……」

誼の方はもう、縁に配慮する余裕も、喋る余裕もないらしい。それでも、崩れ落ちそうになる縁を、両腕で抱き留めてくれていた。力強い、男の腕だと思った。この腕にもっと可愛がられたい。この腕の中に身を任せるのに相応しい、誼の気に入ってくれた可愛い容姿のままでずっといられたらいいのに。でもどんなに願ったって、遠くない未来自分は必ずそれを失ってしまう。

「ねえ、誼……俺、なんてっ、すぐに…可愛くなくなっちゃう、からね」

「…あー、」

何かを言おうとしているが、言葉にまとまらないようだ。それでも返事をしようとして曖昧な声を出すのがいじらしかった。もう今はそれだけで良かった。

いつかはやっぱり、誼の手で殺されてしまうかも知れない。

でも、それはそれで幸せなことなのかも知れない。

誼が自分を綺麗だと思って愛してくれるうちに時を止めたい。愛した人に愛されて、幸せだからそこで完結させてしまいたい。誼が自分を殺した気持ちが今は分かる。

そんな風に思ってしまってから、これ以上考えるのをやめようと思った。

しばらくお互いに喋る気力もなくしてベッドに身を投げ出していた。先に起き上がったのは誼の方だった。縁は、セックス中忘れていた怪我の痛みを呼吸の回復とともに思い出して、できれば一歩も動きたくない。

どこからか持ってきたウエットティッシュで縁の身体を拭いながら、誼はぽつりと意外なことを言った。

「さっきは、不安にさせてごめん」

「さっきって何」

「いや…ほら、すぐに応えられなくて。その気がなかったんじゃなくて、さっきはなんていうか…ちょっと、動揺してた。縁の方から抱いてとか、言われると思ってもみなくて……」

「何、そのかわいい理由」

ぼそぼそといつもなら言わないどうでもいいことを口走っていた誼を思い出す。誼は動揺するとあんな風になるのか。

あんな風になった誼を見たことがなかったから、心中を全く想像することができなかった。

(でも…)

いつも、「できない」「わからない」で終わってしまう自分を、少しでもいいから変えたくなった。近いようで遠い、触れているのに触れられない誼との境界線の、一歩向こう側に行きたかった。

「ありがと、大丈夫だよ。誼が俺のために慌ててくれて嬉しい。俺に一喜一憂するとこ、隠さないでもっと見せてよ」

「ちょっと、あんまり調子乗らないで」

拗ねたような声で言われて、誼の方を振り向く。と、顔を背けていたので表情は見えなかったが、薄暗くても分かるほど耳が真っ赤だ。照れているんだと分かって嬉しくなった。大人になってもまん丸の後頭部を、愛おしく思う。

その丸い頭を見ているうちに、ちゃんと話そうという勇気が湧いてきた。

「誼。そのまま振り返らないで聞いてくれる？」

もぞもぞと身体を動かして手を伸ばす。指先で、誼の背中に触れた。

「ごめんね、誼。またバイト首になる」

「…別にいいよ、そんなの。俺、前に働かなくたっていいって言ったでしょ」

「それは俺が不安なの」

「まあ縁がそうしたいなら別にいいけど。本題はそれじゃないんでしょ。首になった理由は？」

「……」

今日の出来事のいちばん最初を思い出すと、眩暈がして息が浅くなった。

「…俺についての、暴露メールが部署の共有アドレスに届いた」

「は？」

「鳩羽縁はゲイで、中学時代からずっと売りをやってた。睡眠障害のメンヘラで、今までも何度も仕事を首になってる。今も身体目当てに囲ってくれる男の家を転々としながら暮らしてる。まともな人間じゃない」

そこまで一息に言って、最後に「らしいよ」と付け加えた。

背中に触れた指先から、誼が息を呑んだのが分かった。

「そのメールを送ってきたのは誰」

「わかんないけど、」

「弐央だろ」

間髪容れずに誼はそう言い放った。

縁が押し黙ると、誼は振り返って、縁の顔の横に手をついた。

「ねえ、弐央だろそれやったの」

誼の目から光が失せているのを見て、縁ははっとした。

「待って、誼」

「何を？」

聞き返した誼の声は低く感情を押し殺すようだった。

「に、弐央くんにはもう何もしないで」

「なんで」

「悪いのは俺だ。半端にあの子を受け入れて、混乱させて、思い詰めさせた。俺嬉しかったんだ、弐央くんに懐かれて。あんなに才能にも容姿にも恵まれて、賢くて、世の中のことがたくさん分かってる年下の子に認められたって思って。それで――」

押し倒されて、どうすればいいか分からないような顔をして、被害者面をして、あの子を傷付けて泣かせてしまった。

「もっと早い段階で気付いてなきゃいけなかった。押し倒されたときに、きっぱり拒絶しなきゃならなかった。俺が悪い大人だったんだよ。弐央くんに酷いことした、俺」

「でも、二十歳は立派な大人でしょ。弐央は自分で稼いで生きてるんだから、なおさら。やっていいことと悪いことぐらい判断できる」

なおも弐央を断罪しようとする諠に、縁は必死になって食い下がる。

「だけど……！」

身を起こそうとした縁の肩を布団に押し戻して、諠はガーゼを貼った縁の額を、なだめるように撫でた。

「いちばん悪いのは俺。俺が弐央の実家を告発したりしなければ、弐央がこんな形でやり返してくることもなかった。俺に何をしてもダメージないのよく分かってるから、縁に矛先を向けた。そこまで想像力が及ばなかった俺が悪い」

ごめんね、縁。

呟くような小さな声で、諠はそう言った。

「だから、もうそんな風にあいつのために泣かないで。正直、嫉妬で胸が痛い」

「泣くのも駄目なの？」

「そうだよ。俺たち全員、悪かった。その中でも俺がいちばん悪くて、弐央と縁は俺のせいでめちゃくちゃになった。だから、怒るのも悲しむのも俺だけにして」

諠は支離滅裂なことを言う。

こんな人だったんだなあ、と、小さく洟（はな）を啜りながら縁は思った。

高校の入学式の日、諠が目の前に現れて、縁を『天使くん』と呼んだ、あの日から、ずいぶん遠くまでやってきてしまった。

5、君のこと

誼は安念家から相応の報復を食らっているようだった。覚悟の上ではあっても、やっぱり精神的に堪えているようで、この頃誼は食が細くなった。

仕事から帰ってきた誼に、食事を出しながら縁は尋ねた。

「職場、今日は大丈夫だった？」

「今日はまだ」

その言い方に、誼の追い詰められぶりが滲んでいる。この頃、誼の勤めるクリニックに新人が送り込まれてきたらしい。人手は足りているから、つまりどこかのタイミングで誼を追い出そうとしているということだった。

一族経営の私立病院が敵に回ると、実質上職場にいるほぼすべての人間が敵になる。日常的な業務上の嫌がらせや尾ひれのついた風評被害などで、毎日少しずつ誼は消耗していった。職場だけではなくて、家の方にも、縁が把握して誼に言っていないだけで影響は及んでいる。この頃、郵便ポストに葬儀屋や霊園のパンフレットが大量に届く。誰かがこの住所で資料請求をしているらしい。こんな子供じみた些細な悪意でも、今の誼にはダメージになってしまうかも知れないと思って、縁はそれらを誼に見つからないように捨てていた。

「縁はどうだった？　今日のバイト」

「今日はねー、俺、楽しかった。本屋さんの改装の手伝い」

「そうなんだ。遅刻しなかった？」

「してないよ。初めてとは思えないぐらい手際いいって感心された」

うふふ、と微笑みを浮かべて報告すると、ようやく誼が笑みを浮かべた。

「褒められ待ち？」

「はい」

誼が伸ばしてきた手の下に自ら入り込んで、頭を撫でられにいく。手のひらに頭や頬を擦り付けていると、誼は穏やかに笑って「可愛い」と言った。

「偉い偉い」

「日雇いバイトに行っただけで褒められる人生って最高！」

こうやって縁が明るく振舞っていると、誼は心を持ち直すようだった。それが分かって以来、縁はずっとこんな調子だ。初めて天使の渾名にふさわしい癒しの力を実行しているかも知れない。

案外なことに、縁は一度崩壊したと思えた精神を早くも持ち直しつつあった。誼に心底大事にされていると理解して、心の色々な部分が頑丈になったのかも知れない。

いずれにせよ、徐々に衰弱（すいじゃく）していく誼とは対照的に、縁は少しずつ、心と身体が丈夫になっていった。

そうして、幾ばくの月日も経たない、夏の初めのことだった。

誼の母親が死んだ。

誼の母親が後妻で、家の中での誼の立場が良くないという話は、弐央の発言から縁も知っていた。四人兄弟の末っ子だけが母親が違い、折り合いも良くなかったというのはそう不自然な話でもないと思う。

前に弐央が家に来たとき、誼は言っていた。

『俺は後妻の子供だし。その母親も体調崩して入院して…普通に立場悪いからね』

弐央の話によれば誼を産んだときに体調を崩してから病気がちになり、入退院を繰り返していたという誼の実母は、義実家の人間関係に苦労しながらも、息子の誼を安念家の逆風から守り抜いてきたらしい。

誼の父親はかなり発言力の強い人物だが、誼の味方になり得る人物ではないそうだ。若くて美しかった誼の母親を愛していたが、息子の誼のことにはほとんど興味がなかった。邪険にすらされていた節があって、誼は昔から実家の中に居場所がなかったという。

考えてみれば、誼が自分の仕事の話をあまりしたがらなかったのは、仕事上のポストも母親に免じて父親から貰っていたようなものだからだろう。

誼と自分は同じだと言った弐央と、全然違うと言った誼。同じ部分があるとすれば、一族に反抗心を持っていたところ。決定的に違うのは、弐央は一族から愛されていて、誼はそうではないことだった。我儘で家を飛び出してもなお周囲から許されている弐央に、母親に害が及ばないよう神経を巡らせ、角が立たないよう立ち回ってきた誼が共感なんて覚えるはずがなかったのだ。

その母親が死んだことによって、誼の立場は最悪のものになった。

実母の通夜と葬儀は台風がちょうど過ぎた次の日で、視界が歪むほどに青く晴れ渡っていた。中野区にある有名なセレモニーホールで葬儀が行われると聞き、縁は近くの駅まで誼を迎えに行った。

その道すがら、縁は後悔していた。誼の帰りの遅い日が続いたとき、珍しく項垂れて帰ってきた誼は「親が」と口にしていた。あれは、母親の余命宣告のことを、縁に打ち明けようとしていたんじゃないのか。

あのとき、無理やりにでも聞き出しておけば良かったと思う。

もしあのとき、自分が諠の心の内側に踏み込んで、俺がいるよと伝えられていたなら、諠が弐央に対して嫉妬したり、攻撃したりすることもなかったのではないか。

考え出せば、脈絡（みゃくらく）なく発生していた一つ一つのアクシデントはみんな繋がったことのように思えた。

「諠、大丈夫だよ。心配しないで。俺がいるよ」

直射日光に当てられて頭がぼうっとしてくると、地面に落ちる汗のように、ぽつりぽつりと無意識に独り言が漏れた。

諠と出会った高校時代の夏の景色を唐突に思い出した。

窓から差し込む嘘みたいに鮮やかな夕焼けで染まった、ガランとした教室の隅に、諠がいた。細く開いた窓から遠く聞こえる、野球部の号令。風に小さく揺れていたカーテン。あれはたぶん、高校一年生の夏休みのことだった。

誰もいない教室で一人で黙々と勉強をしていた諠は、ひどく淋しい子供のように見えた。実際、淋しかっただろう。母親が体調を崩して入院していて、家の中に居場所がなかったのだ。

あの頃、誼は家の中での立場が本当に良くなかった。だから長期休みでもほとんど毎日学校に来て勉強していた。縁も似たり寄ったりの状況で、図書館に惰眠を貪りに来ていたので誼が学校に来ていることは知っていた。

(今思えば、誼も俺が学校来てるの、気付いてたんだろうなあ……)

でも学校で誼は人気者だったから、図書館に行けば人と会う。

だから、できるだけ人のいない教室を選んで過ごしていたのだろう。そうして、同じように一人でふらふらしていた縁を見ていた。「同じだ」と、もしかしたら思ったのかも知れない。

「弐央くんみたいに、自由に外に行けたら良かったのにね。嫌がってた医学部に進んだのは、お母さんのためだった」

そうすることが楽だったから、じゃない。

自分を産んだ母親が肩身の狭い思いをしないように、逃げないことを選んだだけだった。

「だから誼、いつも苛々してた。俺の前でだけ、駄々っ子みたいにそれを出してた」

甘えん坊の末っ子王子というキャラクターは、ちゃんちゃらおかしい張りぼてだ。全然甘え上手なんかじゃない。自分の置かれた難しい状況を、嘆くことも悲しむことも、誰かに打ち明けることもできずに泣きべそを掻いている、不器用な十五歳の子供だった。

ギリギリだったのだと思う。『天使』という渾名の、同い年のただの男の子に、駄々をこねて泣きつく程度には。

どうして今なのだろう。思い出したところで、あの頃のひとりぼっちの誼に対して、何もしてあげられないというのに。

「ごめんね、誼。俺がもう少しだけ賢い子供だったら、助けてはあげられなくても、せめてそばにいて孤独を軽くしてあげられたかもしれないのに」

もうすぐ駅だ。駅までのきつい坂道を、朦朧（もうろう）としながら登っていく。

道行く先、黒々と広がった街路樹の葉がまだらに落とした光の中に、高校の制服を着た誼の幻を見た。アイスを咥えて振り返り、日差しにへこたれる縁に苦笑いして手を差し出してくれる、高校生の安念誼。

実際にそんな出来事はループする人生の中で一度もなかったのだから、単なる自分の願望だ。今さら思い描いても手に入らない景色。そう分かっているのに心が揺れ動いて、立ち止まりそうになってしまう。

「お帰り、誼。お疲れ様」

坂道の終わりに、黒い喪服姿の誼が立っていた。

誼は今日、多くのものに別れを告げてきたはずだ。

「縁。ごめんね」

この頃すっかり口癖になってしまった「ごめんね」をまた言って、誼は縁の頭を抱き締めた。

「駄目だった。あの部屋、追い出される。母さんの持ってたアパートだったのに、いつのまにか兄貴のものになってた」

「酷いことするね」

「職場、クリニックも除籍されてた」

「うん」

崩れ落ちそうな誼の背中に腕を伸ばして、子供をあやすようにトントンと撫でた。

「俺、弐央の実家も敵に回したから」

「そうだね」

「全部取られた。住むところも、仕事も、母さんの財産も、知らないうちに全部」掠れて震える声で痛々しく言って、誼は凄を啜った。

「だってさあ、俺たちって、弐央くんにほんと酷いことしたもんねえ」

縁が苦笑いして言うと、誼はそれ以上何も言えなくなってしまったようだった。

いつもの誼ならどうにかできたのかも知れないが、もう誼の人生に「いつも」は戻ってこない。誼の人生の土台だったであろう母親がいなくなり、戦う力なんて残っていなかったのだから。それでもちゃんと自分の足で立って現実を受け止めてきた勇敢さを、縁だけは抱き締めて褒めてあげたかった。

「大変だったね。怖かったでしょ。最後まで逃げなくて偉かったよ」

「……縁」

「怖いことと悲しいことがいっぱいあったのに、ちゃんとここまで、俺のところに帰ってきてくれて、ありがとね、誼」

よしよし、いい子いい子。

もしかしたら誰も誼に言ってあげたことがなかったかも知れない言葉をはっきりと口に出して言って、縁は身を離すと誼の頭を撫でてやった。黒い髪が太陽の光をいっぱい吸って、すっかり熱くなっていた。大丈夫、まだ、生きている。

「家も仕事もないって、俺たち今お揃いだね」

ふと思い付いて言うと、なんだかおかしくなって、縁は誼の顔を見上げたまま「へへへ」と笑った。出会ったときは「家無し無職」と「自立した若手の医者」という正反対の存在だったのに、気付いたら同じになっていた。何の立場もなくなって、今はただの一人の人間同士というシンプルな関係であることが、なんだか無性に嬉しくて、不思議な勇気が出た。

「どうする？　ほんとに二人きりになっちゃった」

それは、正直言って悪くない気分だった。

押し黙っている誼の頭から手を離して、顔を覗き込む。誼は叱られた子供のように眉をハの字にしていた。

「じゃあさあ、もし良かったらだけど」

視界が白飛びしそうなほどの眩い太陽を背負って、汗だくのまま縁は誼の手を取った。

「俺と一緒に逃げちゃおうか、誼」

天使のように笑って見せた。

誼にその勇気がないのなら、俺が攫って逃げてあげようと、縁は思った。

縁が誼の手を引いて歩くのはおそらく、三度目の人生で初めてのことだった。鞄に入るだけの着替えと貴重品と、最低限の日用品だけを持って家を出た。

「誼、なんか食べないとさすがに死ぬよ？」

ホテルの畳の上に転がって使い物にならなくなっている誼に、縁は形だけ声を掛けた。

さっきからずっとあの調子だ。

「ほら、医者の不摂生…だっけ？　あるでしょ、なんか有名な言葉」

「……『医者の不養生』」

縁の学のなさに黙っていられなくなったのか、ようやくのろのろと返事が返ってくる。

「あー。それそれ。誼もわりとそれに近いところあるよね」

ぐったりしている誼の傍ら、縁は好き放題言いながらコンビニで買いこんできた食料を開封する。

「あ、この部屋電子レンジあったんだ。ラッキー。俺、コンビニでハンバーガー買ってきたの。へへ」

いそいそと電子レンジにてりやきバーガーを突っ込んで、適当な時間温めた。

「…俺はもう医者じゃないけど」

「はあ？　あのクリニック首になっただけで別に医者の資格を剥奪（はくだつ）されたわけじゃないでしょ。お前がここまで打たれ弱いとは思わなかったな」

「む…。でももう、少なくともこの辺で医者として再就職はほぼ無理」

「なんで？」

紙パックの甘い紅茶にストローを差す。誼が冬眠明けの熊のようにのっそりと上半身を起こしたので、袋の中にあったスパムおにぎりを投げてやった。放られたものを反射的に捕まえた誼は、手の中にあるおにぎりのパッケージを見て顔を顰めた。誼は脂っこいものや味の濃いものが苦手なのだ。食料調達に付き合わず、ずっと死んでいたのだから仕方ない。袋の中は全部縁の味覚に沿って収集されたものだ。

「ね、なんで無理なの？」

「前におんなじようなことあったから」

溜息をついて、誼はスパムおにぎりを畳の上に置いた。

「親戚が一人、それで自殺した。俺のじいさんと揉めて病院追い出されたあと再就職しようとしたら、行く先々で根回しされてて……。ようやく老人病院の事務職に収まったんだけど、けっこうないじめに遭って、首吊った」

「ええ、陰湿(いんしつ)すぎる……」

「たぶん俺にもこれから同じようなことが起こる。たぶん縁にも何かされる。あの部屋には長くいればいるほど不利っていうか、嫌なことが起きると思う」

だから連れ出してくれて助かったよ、と誼は小さな声で言った。

「そもそも、もう俺は、医者なんてやりたくない」

「え、そうなの」

「そうだよ。病院の消毒液の臭いも苦手だし、患者の相手は疲れるし…それに、同僚の医者は偏屈な奴が多いし。外来で来る下手に社会的地位のある患者なんか、もう本当関わりたくないよ。俺、偉そうな年寄りって苦手……て、何？　その顔」

ぽかんとしている縁に気付いて、諠は眉をひそめた。

「え？　ああ。なんか、諠が仕事の愚痴言うところ初めて見たなーって」

素直にそう口にすると、諠は「あ」と手のひらで口を押さえたあと、少し考えるような素振りをして、その手を下ろした。

「まあ、もういいか。どこから漏れるか分かんないから、極力職場の悪口言わないようにしてたの」

「うえーっ、偉い」

「偉くないよ。そういう処世術ってだけで」

「でも、悪口だけじゃなくて仕事の話なんて諠、何もしてくれなかったじゃん、俺多少は興味あったのに」

「だって、愚痴以外の感想なんてないよ、職場に」

「え、暗……」

「そうだよ。知らなかった？」

くたびれた笑い混じりに諠はそう言った。そんな風に笑うと、どこにでもいる普通の二十七歳の男に見えるから不思議だ。と、思ったあとで、そうではないと否定する。諠は、ただ本当にどこにでもいる二十七歳の男なのだ。

「まあいいや。次の仕事のことはあとで考えるとして……とりあえず、近場に引っ越して、就職し直すってルートはなしってことだよね」

「そう。関東圏はもう駄目。ウチの親戚の勢力圏にいたら、思いつく限りの嫌がらせしてくるよ。弐央が縁にやったみたいな。たぶん、弐央の実家は、縁のことも相当逆恨みしてるだろうしね。何されるか分かったもんじゃない。もし俺だったら……逃亡先をあの手この手で探り出して、新しい就職先とか引越し先とかでも居場所を失うように色々細工するよ」

真顔で言うので、思わず「怖…」と呟いて顔を顰めた。

誼の執念深さは、安念家の血筋だったんだなあ。

「じゃあ、安念家の手の届かないところまで逃げるしかないよね。ド地方まで。視界に入らないとこまで消えよう」

「そうは言っても」

「だって、向こうさんとしては勢力圏内から誼を追い出せればそれでいいんでしょ？」

「まあ、たぶん。できれば家系図からも消したいと思ってるだろうけどね。追ってはこないよ」

言うが早いか、誼はまたごろんと倒れてしまった。

「あれ。大丈夫?」

「眠い」

「そりゃそうか。この何日か、誼、全然寝れてなさそうだったもんね」

不眠症の大先輩である自分が、衰弱した誼の面倒を見てやろう。

布団を引きずってきて、誼のそばに広げる。綺麗に寝床を整えてから、ぽいぽいと枕を放った。

「おいで誼。布団まで移動できる?」

「なんでそんなに縁は元気なの? こんなに元気な縁って初めて見る気がするんだけど……」

そう言われてみると、たしかにいつもは、無気力な縁の世話を誼が焼いていた。それが逆転していることが、誼には腑に落ちなかったのだろう。

「なんか…自分でもよく分かんないけど」

「うん」

「たぶんね、俺、今までの状況、嫌だったのかも……」

「は?」

縁が引いた布団の上に移動しようとしていた誼は、聞き捨てならないという顔をした。

「ただ無力に、誼に守られてたのが、嫌だったのかも知れない」

「そうなの」

「そうだよ。だって、今まで誼って、どっかしんどそうだったし。嫌いな家の支配下にある職場で嫌いな仕事して、親戚とずっと攻防しながら生活して……それってやっぱ苦しかったでしょ？」

「でも、縁が一緒にいてくれたから大丈夫だった。俺はそれだけで良かったよ」

誼のしおらしい言葉に、縁は胸の底に爪を立てられるような感覚がした。

「俺は、誼の全部の苦しみと天秤にかけてもらえるほど何かできたとは思わないよ」

「ただいてくれるだけでいいって言ったよ」

「誼がそれでよくても、俺は嫌なの」

この話は平行線を辿りそうな気配がして、縁は誼の顔を間近に覗き込んだ。

「俺が好きなら、俺の話もちゃんと聞いて」

それは、誼にとって思いがけない言葉のようだった。

誼はきょとんとした顔をする。

「俺は、あんな環境から解放される…っていうより、誼を引っ張り出せて、正直、ちょっとだけ嬉しいと思ってる。すっきりしてる。これから大変になるとしても、色んなものを押し殺して安念家の庇護下にいるよりはずっといい。誼は違う?」

「違くはない、かも知れない……」

誼の口から、その言葉が聞きたかった。

「そうでしょ。良かった。俺、今度は間違えてなくて」

今まで、ここに来るまでに、自分たちはあまりにもたくさんのことを間違えてきてしまったから。もう十分、痛みは負った。ばちも当たった。

縁は小さく笑って、誼の肩を押して寝かせた。

「だから今日は寝た方がいいよ、誼。朝になったらちゃんと起こすから。起きれないって駄々こねても」

出会った頃から変わらない、まん丸の頭を撫でる。前髪をかき分けて、額に唇を軽く押し付けた。誼は素直に縁の手を受け入れていた。かわいいな、と思った。

「おやすみ、誼。また明日」

もしかしたら、今、この人生はすごい勢いで終わりに向かっているのかも知れない。そんな予感がする。それがバッドエンドなのか、ハッピーエンドなのかは分からないけれど。どっちでもいい。

縁は自分の状況に納得していた。前世の自分とも、前々世の自分とも違う人生をここまで歩んでいる。ずっと誼に守られていただけの自分は情けなくて惨めだった。もう十分、愛情を注いでもらった。たとえ二度殺されたとしても、返せないくらいのものを貰ってきたと思う。この人生は幸せだった。だから今、取るに足らない自分にできるすべてのことを誼のためにしてあげたかった。

行き先を探さなければ。一秒でも早く、一歩でも遠く、誼の親族たちの目が届かないところへ。

そう思って、スマートフォンを手にした、その時だった。

誼が寝るのをぴったり見計らっていたようなタイミングで、縁のスマートフォンに着信があった。早く早く、と急かすようにけたたましくバイブが鳴る。

「わ、わ……っ！　な、何？」

寝入ったばかりの誼を起こさないように、慌てて浴室に駆け込んだ。

早鐘のように鳴っている胸を押さえながら画面を確認する。思いもよらない名前が表示されていて、縁は両手で端末を握り締めながら「ひえ」と声を上げた。

「にっ…ニオ！」

『あー、久しぶり！』

「なっ、ど、どうし……おっ、俺が連絡しても全然出てくれなかったくせに！」

声を抑えたまま叫ぶという小器用な技で友人の不実を責め立てる。それでも、端末から聞こえる声の懐かしさにほっとして、涙腺が緩む。

「……まあいいや、生きててよかった」

『ええ？　生きててよかったはこっちの台詞だよ』

大真面目な声で言われて、縁は小首を傾げた。

『夕方、安念くんからメール貰ったからさー、久々に連絡してきたと思ったら、親戚と揉めて家追い出されたとか書いてあるから！』

「は、誼が？」

いつの間にニオに連絡していたのだろう。というか、この二人がお互いに連絡を取っていたなんて、今の今まで知らなかった。

『そーだよ。ちゃんと縁の面倒見るって言ったくせに、安念くんのヘタレ～～…って、そういえば安念くんは？』

「え、今、疲れ果てて寝てる……」

『ええーっ、ダサー』

ニオが他人のことをこんな風に悪く言うのは珍しかった。誼のことが嫌いと見える。

『じゃあ、安念くんはいいや。頼りにならなそうだし。ヨリは大丈夫？』

「うん。俺は大丈夫。むしろ何故か、いつもよりも大丈夫」

電話の向こうで、ふふ、と思わず零れ落ちたような笑い声が聞こえた。

『ならいいよ！　ねえヨリ、俺にできることってある？』

頼ってもいいだろうか。

今まで散々迷惑ばかりかけてきたのに、またこんな場面で。

「……ニオ。誼を助けたい。力を貸してくれる？」

『そりゃーもちろん』

そうして、縁は、これまでのいきさつをニオに話した。ニオは話の腰を折ることなく、大真面目に聞いてくれた。

現状、逃避先を探しているというところまで縁が話し終えると、ニオは呆れた声で「バカだねえ」とはっきり言った。

『登場人物、全員バカすぎ。なにそれ！』

ニオの物言いに噴き出しながら、そうだなあ、と縁は思った。

俺たちはみんなバカだ。みんな少しずつどこか足りない。足りなくて、間違い合って、傷付け合っている。

「ほんと、返す言葉もないよ……」

『うん。まあでも、そんなものだと思うよ。世の中の人ってみんなそんな規模の失敗ばっかりしてる』

「そうなのかなあ」

ニオが言うのならそうなのかも知れない。

そうしてニオは、少し間を置いたあと言った。

『足が付かない滞在先、あるよ』

「へ」

『もう丸一年は掃除に行ってないから、かなり傷んでるかもしんないけど』

「え？　どゆこと？」

『宮城まで交通費ある？』

「あ、あるけど…」

『じゃあ、住所送るからそこ行って。今誰も住んでないから。水道はまだ出るようにしてある。いつか俺、綺麗にして住もうと思ってたから』

「ええ？　ニオ、家持ってるの？」

『そだよ。俺が中学で転校するまで住んでた家！』

あはは、とニオは明るい笑い声を上げた。中学の頃、ニオは親の再婚で東京に引っ越してきた。仁尾という苗字になったのもそのときだと聞いた。つまりこの家は、ニオが仁尾一由という名前になる前の記憶を持った家なのだろう。

「え…え？　いいの？」

『いいよ。かわりに掃除しといてー』

「わかった、もちろん」

電話を切る前に、ニオはさらりと重大なことを付け加えた。

『もしもいつか、ヨリがほんとにどうしようもなくなったら、俺、そこで一緒に住んでもいいって思ってたんだけどね』

言うのが遅い。致命的に遅かった。

こんなに頭のいいニオだって、タイミングを逃すということもあるのだ。基本的に頭の足りない縁と、本当は不器用な誼とでは、間違いだらけになってしまったって何らおかしくはない気がした。

6、正しいこと

東北新幹線の車内は、時間帯が半端なせいか、乗客はまばらだった。

例によってあまり寝ていない誼は、ぼうっとした顔で、窓枠に頬杖を突いて、外を流れてゆく景色を眺めていた。

「誼ー、なんか食べなくて平気？　一応昨日のおにぎりの残り持ってきたけど…」

寝ているのかと思うほど静かな誼に話しかけると、ようやく隣に縁がいることに気付いたような顔で振り向いた。

「あー。いいや。だってそれってスパムおにぎりでしょ」

「なんだよ。スパムおにぎり美味しいんだからなぁ」

「俺スパム苦手だもん」

「だもん、じゃないよまったく……あーあ、王子様の安念誼くんは一体どこに行っちゃったのかなあ」

「最初からいないよそんなものは」

「わ。開き直りやがったー」

ふい、と不貞腐れたように、誼は顔をまた窓に向けてしまう。縁はその誼の横顔をまじまじと観察した。

少し長めのさらさらの黒髪。笑顔を浮かべていないと冷たく見えるほど整った顔。瞼に生えそろったまつ毛はびっくりするほど長くて、ずっと見ていても飽きないくらい綺麗だ。今は瞼に半分くらい隠れている黒い瞳は、星の降る夜の海を切り取ったみたいで、出会ったときからずっと、縁はこの目が大好きだった。笑うと猫みたいに跳ねる目尻も、つんと生意気そうに尖った鼻先も。

俺も、こんな顔に生まれていたら全然違う人生を歩んでいたんだろうか、と、意味のない想像をしてしまう。

もし、誼の顔だけが好きなら楽だったのにな、という思いが心をよぎる。嫌なことをされたり期待に応えてくれなくても、好きな顔に免じて許す、みたいにできたかも知れない。でもそうはできない。自分のことをちゃんと見てほしいし、期待してしまう言葉も行動もある。誼から望んだ反応が得られないと不満に思うし、それを露わにして気を引こうとしてしまう。

誤魔化しようのないところまで来てしまったんだなあと、しみじみと思う。

「あーあ。やっぱりこうなっちゃうのかなあ」

前世や前々世では、最後が破滅だとしても誼への恋愛感情はもう少しきらきらして心地いいものだった気がするのだが。蓋を開けてみれば、思い通りになることなんてほとんどないし、怖いことも腹が立つことも傷付くこともたくさんあって、全然快適じゃなかった。でも今は、その過程のすべてを受け入れている。

誼が好きだ。そしてやっぱり、嫌いでもある。

むしろ嫌いなところがいっぱいだ。自己中心的で、縁が一生逆立ちしても手に入らないものをたくさん持っているくせに、それらには何の価値もないみたいな顔をして生きている。頭が良いくせに、縁が思っていたよりそれを生かして上手に生きられていないところも。考えてみれば、一体なんなんだよお前は、と思うことの方が圧倒的に多かった。

嫉妬しているし、憧れてもいる。だって、医者ってやっぱり、かっこいいし。ステータスとしてではなくて、人の命を守れる技術を持っている、そういう一面のある誼のことが好きだ。

親愛に似た情もある。思春期の頃、二人とも家に居場所がなくて、孤独と鬱屈を持て余していた。誰かに理解されたがって、そばにいてほしくて、でもそんな望みを抱いていることも自分で分かっていなかった。そうして似た者同士だったことに気付かないまま大人になって、今もやっぱりお互いに人一倍淋しがりで、心から人を愛し愛されたいという自分の願いに振り回されてしまう不器用同士だ。

ふいに、誼の鞄の中でスマートフォンが振動した。

「電源切ってなかったの？　精神衛生上今はスマホ見ない方がいいって言ったでしょ俺」

「だって、乗換案内も使えなかったら不便でしょ」

言いながら、誼はスマートフォンを鞄から取り出すと、今届いたメッセージに何事かを返信していた。

俺と一緒にいるのに誰と連絡取ってるんだよ、と思う。それ何の連絡だよ、今すぐ切って。そう言いかけて、唐突に気付いてしまい、縁は手で自分の口を塞いだ。

（――俺、誼に独占欲があるんだ）

それは衝撃的で重大な発見だった。

「え、何？」

縁を見た、誼がぎょっとした表情を浮かべた。

「何って」

「いや、なんか見たことないようなしかめっ面してるから」

「…誰に連絡してるの？」

自分で思った以上にとげとげしい声が出てしまい、あ、やばい、と思った。誼がきょとんと目を丸くしたのを見て焦る。

「仁尾くんだけど。え、なんで怒ってるの？」

「…………」

その沈黙のうちに胸に巡った感情を一言に集約すると、「俺だけ見てろよ」になってしまい、口に出せなかった。ヤキモチだけでなく、こんな子供じみたプライドもあったらしい。他人の感情の機微に敏いはずの諠が、縁の初めて見せた嫉妬を認識できずに戸惑っているのがなんだかおかしかった。

（俺もたぶん、諠に執着してる。ほんとはずっとそうだったのかも）

そう結論付けてみると、なんだか腑に落ちる感覚がある。こんな恥ずかしくてみっともない感情に「恋」なんて素敵な名前がついているとは、にわかに信じがたかった。

結局は、この「恋」の感情が自分たちの、お互いへの執着の本質だと思う。

そして、諠はずっと、縁の口からその一言を聞くことを望んでいる。言ってあげちゃえば楽になるのに。分かっているのに、それでもなお言えないのはなぜだろう。

もしかしたら、言葉に出した瞬間に伝わらなくなってしまいそうだからかも知れない。だって、その言葉はあまりにも綺麗で、この世に当たり前の顔してありふれていて、何もかもが嘘臭くなってしまわない？　今自分の中で蠢いているみっともないプライドも生臭い感情も血の噴き出すような痛みもみんな、なかったことにされてしまうような気がする。

それは嫌だ。誼のせいでこんなにいっぱいいっぱいになってしまったものを全部、ぶちまけてやりたかった。それで呆気に取られている誼に向かって、ざまあみろと言ってやりたい。

これは愛だろうか？

こんなものが果たして？

恋ではあっても、愛かどうかは分からなかった。この感情を美しいかと言われれば全くもってそうは思わないのだが、じゃあ醜い感情かと言われれば、そんなこともないような気がする。

三度もやり直したのに、結局愛が何なのかは分からないままだ。

「あっはは。はは。馬鹿みたいだなあ」

思わず声に出してしまい、慌てて口を押さえたが、もう遅い。誼がはらはらした顔で縁を覗き込んでくる。

「ねえ、どうしたのいきなり」

「んー…」

バカの人生も案外、悪くないかも、と思って。

そんなことを言ったらますます心配されるのは分かっていたので、何も教えてあげなかった。答えるかわりに、窓の外を指さす。

「ねえ、見て誼。田んぼ綺麗」

風の通ったとおりに、田んぼの水面にさざなみが立った。風の形が目に見えることに縁は感動を覚えた。鏡のような水面には入道雲と山の稜線(りょうせん)が綺麗に映っている。

人生の終わりに向かっている真っ最中かも知れないのに、あまりにも牧歌的で悠々とした世界の有り様に、なんだか泣きそうになってしまった。

「これってさあ、誰のための旅なのかな」

その唐突な縁の言葉の意図を、誼はやけに的確に理解した。

「さあ。縁が俺を連れ出してくれたのは、俺のためでもあるだろうけど、同じだけ縁のためでもあるだろうし」

「やっぱり？」

「だって、ここで俺を救ったら、今後は俺が縁にとって、思う存分やりたいように愛情を注げる相手になるんだろうし。愛情の器っていうか。今までと逆転するよね。それも悪くないなって俺は思ってるけど」

「俺の発言への理解度が高すぎて怖いよ」

「ふふ。そうでしょ。縁と俺は似た者同士だから」

「確かに。あー、今回は、いいとこまで来たのにな。その真実に気付くのが遅かったなあ……」

そうぼやいて、縁は思い切り伸びをした。

「『今回』？」

「いや、それはこっちの話」

次回があるなら、今度はその真実を抱えて人生をスタートしてみたい。

『今日も、東北新幹線をご利用頂きまして、誠にありがとうございました。間もなく、仙台、仙台に到着致します』

二人の頭上を、到着アナウンスがゆったりと流れていく。

「あ、もう仙台だ。なんかあっという間だったね」

「うん」

「まあ、諠は半分くらい寝てたしね」

「それもあるけど。東京から出るのってこんなに簡単だったのかなって思って」

諠の腑に落ちなそうな顔は、なんとなく理解できた。北新宿のアパートにいたときは、死ぬまでずっとあの場所から離れられない気がしていたのに、東北の見知らぬ場所までこんなに呆気なくたどり着いてしまったのだから。

宮城県のほぼ北端にあるニオの故郷は、坂だらけの海辺の町だった。

仙台駅からローカル線に乗り換えて、さらにバスに乗ってたどり着いたその町は、バス停に降りた瞬間からずっと波の音がしている。坂道をしばらく上った先、海に面したところに、ニオの実家はあった。二階建ての一軒家だ。

あの奇天烈な人物がこんな場所で育ったとは、意外だった。

「ここ、洗濯物を外に干したら潮風ですごいことになるんだろうな。あと冬はとてつもなく寒そう」

諠はそんな所帯じみた台詞を吐いた。

「え？　そんなに長い間滞在するつもりなの？　言っとくけど、次の家決まるまでだよ。人んちなんだから」

「分かってるってば。思っただけだよ」

縁にたしなめられて不服そうに言い返してくる。

ニオに電話で伝えられた通り、庭の方へ回った。

「え、プランターってどれ…？」

そんなものないように見えるけど、と言いかけたその時「あ」と声を出して、誼がすたすたと庭の片隅に向かって行った。

「これだと思うよ」

「あ、それゴミかと思った」

「縁ってほんと酷いな」

古ぼけて、塗装がほとんどはげ落ちた七人の小人のデザインの小さなプランターの中に、透明なビーズみたいなものが敷き詰めてある。その奥底の方を手でまさぐると、ビニール袋に入った鍵が出てきた。

「合鍵だって。ニオってすぐ鍵なくしちゃうから」

「ふーん、子供みたいだね」

「まあねえ」

相当汚いはず、と言われていたから覚悟していたものの、思っていたよりも家の中は綺麗だった。床や家具に堆積(たいせき)した埃だけはどうにかしないと今日は寝る場所すらも確保できなそうだ。

「とりあえず、一室だけ片付ける。家の中全部は無理！　徐々にやる」

腰に両手を当てて縁が宣言すると、誼は「わかった」と従順に返事をした。

とにかく本の多い家だった。部屋の中だけではなく、廊下にも本棚がたくさん並んでいて、そこにも収まりきらなかった本が床やテーブル、トイレの窓枠にまで積まれていた。それらのほとんどは、重力に従ってたわんだり崩れ落ちたりしている。道中でマスクを調達してきたのは正解だった。全身が埃まみれだ。床は謎にじゃりじゃりしていた。

居間の三分の一くらいの本を纏めて縛り上げたとき、唐突に諦めの気持ちが湧いた。

「これもう無理だよね。疲れた。一か所にまとめて埃払っとけばいいか」

あっけらかんと開き直った縁の言葉に、傍らで床を拭いていた誼がマスクの上から口元を押さえて噴き出した。

「諦めが早すぎない？」

「俺は見切りの早さが長所なの」

「はいはい」

心もち顎を反らして言うと、誼はしゃがんだまま縁を見上げて、反応を楽しむように目を合わせてきた。縁はふと、この角度で見る誼はなんだか新鮮な気がする、と思った。なんて綺麗な頭だろう。こんなウンコ座りをしていても不思議な品があって、やっぱり王子様みたいだった。

「髪にめちゃくちゃ埃ついてるけど……」

屈んで、髪に落ちた埃を手で払ってやった。

「ありがとう。でもいいよ、どうせこの後もまた埃まみれになるし」

溜息混じりに言って、頭の上の縁の手を掴んで下ろす。誼は縁の手をまじまじと見て、ふうと細く息を吐いた。

「小さい手。同い年の男の手なのに」

「何、突然」

誼はマスクをずり下ろすと、縁の指先に押し付けるだけのキスをした。

「えっ、やめなよ。汚いよ」

「どうでもいいよ」

それから、首の後ろに手が入り込んできて、引き寄せられる。誼の指先が前髪をかき上げて、右の額を撫でた。

「なんなの？」

「傷残らなくて良かった」

「…ああ、あのときの？」

縁自身は自分の顔に傷ができていたことなんてすっかり忘れていたのに。

「もう痛くない？」

「痛いわけないでしょ」

怪我をしたのはもう何か月も前だ。医者のくせにアホなことを聞くんだなと思った。

髪をかき上げたまま、傷のあった場所に、誼はキスしてきた。何かのスイッチが入ってしまったようだ。

ちゅ、ちゅ、と音を立てて、耳や瞼の上に唇を落としてくる。マスクを外そうとした手を、ぎゅっと力を込めて握られる。しっかり指を絡めて握られた手を、楔(くさび)みたいだと縁は思った。

「どうしたの？　落ち着いたら急に心細くなっちゃった？」

尋ねると、ふ、と誼は吐息だけで笑った。

「いや。ずっと考えてたんだけど」

「何を？」

「なんか、俺が仁尾くんからメールもらってからずっと縁の様子がおかしかったこと。もしかしてヤキモチ妬(や)いた？」

「……！」

図星をさされて、思わず縁は身を固くした。

「やっぱり。ねえ、初めてじゃない？　そんなの今までなかったからすぐには分かんなかった。ふふ」

「う……笑ってんじゃないよ」

「いや、ごめん。縁、かわいー。めちゃくちゃ可愛い」

「うざ……」

「前から思ってたけど縁って焦ると口が悪くなるよね。ほんとかわいい」

「さっきまでのしおらしさはどこ行ったんだよ」

「どっか行っちゃった」

マスク越しに縁の顔を一度撫で、それから親指で唇の場所を探ってくる。それがなんだか秘密めいた儀式のように感じて、やけに胸がどきどきした。マスクの上から重ねられた唇を、目を閉じて受け入れる。角度を変えながら、二度、三度、音も湿り気もない戯れのようなキスをした。

キスをしている間、縁の髪をいじっていた指が、背中や脇腹に移動してくる。

「……っ、くすぐったい」

でも、Tシャツの中に潜り込んだ手を追い払うことはしなかった。肌を撫でられるというのは本来、こんなに気持ちがいいことだったのだ。

「縁、抱きたい」

「そんな素直に口に出されると驚くよ」

「だって、していいのかどうか分からなかったから、ずっと」

誼がぽつりと口にした本音に、縁は胸が締め付けられた。

あのセックスを「縁の同意」と考えていいものなのかどうか、たぶん誼には判断がつかなかったのだ。だからあれ以降、今の今まで誼はセックスを求めて来なかった。また拒否されたら、という想像が、ずっと誼を傷付けていたのだろう。

分からなかった。気付かなかった。こんなにそばにいたくせに。

「……」

胸がしびれて、声が出なかった。ぎゅっと目を閉じたら、心からはみ出した感情が涙になって零れてしまった。

俺は死んでいい。

ここで誼に抱かれたい。

誼が縁に受け入れられたと思い、求めていた愛情を得たと感じ、ここで時間を停めたいと思うほどの幸福を感じられたのなら、そこで迎える自分の死は正しいと思った。この人生のすべては、そのためにあっていい。

安念誼に恋をして殺される。その運命から逃れようとして悪あがきをたくさんした。結局その結末は変わらなくて、きっとここで誼に抱かれたら、この町の、あの海で死ぬ。今、縁はその運命をありがたく思う気持ちすらあった。

「いいよ誼。俺、誼にそう言われるのを待ってたのかも知れない」

世界の終わりに二人で一緒に、死ぬほど気持ち良いことをしよう。

「来て、縁」

すとんと腰を落としてあぐらを掻いた誼の膝に、子供みたいに後ろ向きに座らせられる。顔が見えなくなると緊張した。

肌をまさぐっていた手が、上に上がってくる。乳首を爪の先で引っ掛けられると、下半身にびりびりするような快楽が落ちてきた。

「う……なんかスケベ」

「まあね」

「何、まあねって……んっ」

下着の中に手が入ってくる。こんな明るい時間に、他人の家の居間で下着の中に手を突っ込まれ、性器を揉まれているのは、なんだか背徳感があった。

「ふ…、う……」

まだ芯を持っていない性器を指の腹や爪の先でくすぐるように弄られて、腰から背中にかけてぞわぞわと快感が這い上がってくる。誼が自慰をするときこんな風にして自分の性器を触るのかな、という想像が脳裏をよぎって、頭がかっと白くなるような興奮に襲われた。

「やっぱりこの体勢の方が手コキしやすい」

誼はそう言って、空いている方の片腕で縁の胴体をがっちりと捕まえた。引き寄せられて、誼の胸に寄り掛かってしまう。身体が隙間なく密着して暑い。ぴったりくっついた背中に、呼吸に合わせて上下する誼の胸板の熱さを感じる。自分の背中よりも広い胸に今さらになってどきどきしてくる。誼の身体に閉じ込められていることに、ぼうっとするような恍惚(こうこつ)を感じた。

加減を見ながらちょっとずつ焦らされて、陰茎や亀頭をいじられると、すぐにあさましい粘液が滲んできたのが自分で分かる。ちゅっ、ちゅっ、と軽い水音が立つ。わざと音が聞こえるように手を動かしているのが分かるが、意地悪を非難する余裕もなかった。

「あっ……あン……」

指先でカリ首の裏を強く押されて、首がのけぞってしまう。思わず足に力が入って、あぐらを掻いた誼の膝の上で、ピンと伸びてしまっているのが耐え難く恥ずかしい。何これ。

すごく気持ちいい。脳みそが蕩けてしまう。

「ちょっと、待って…」

前回もこんなんだったっけ？　と、上手く回らない頭で考える。あのときは、とにかく求められたくて愛でられたくて、そのことに必死すぎて、何が気持ち良くて気持ち悪いのか、痛みなのか快感なのかも自分で判別がつかなかった。でも今は、誼の手に与えられる刺激を貪欲(どんよく)に貪っている。快感に夢中になるうちに、誼の膝が崩れてお尻がずり落ち、足の間にすっぽり収まった。

「もうちょっとゆっくり、……っあ」

縁のお願いは聞き入れられず、容赦なく上下に竿をしごかれた。服の下で性器がぐちゃぐちゃになっているのだと思うと、興奮してしまう。

「イキそう？」

耳のすぐそばで誼の柔らかな声がした。

「うん、うん。も…、イきたい……」

早く射精したくて、膝やピンと立った爪先がびくびくしていた。

「まだダメ」

そう言って、誼は唐突に手を放した。あと一歩で達せそうなところを寸止めされて、思わず腰が浮く。

「あっ、う、うそ…なんで…っ」

「今日は甘やかさないよ。だって縁って本当はこんな…ウブな感じじゃないでしょ？」

「な、何…っ」

「おねだりして。えっちなところ見せてよ」

頭がうまく回っていなくて、おねだり、という誼の言葉を正しく理解するのに二、三秒かかった。

ビッチの天使くんがこんな簡単な前戯で満足するわけないと誼は思っているのだ。そうだった。縁が売春なんてしていないことを誼は知らないままだ。誼は縁のことを経験豊富だと誤解していて、セックスの主導権を握れるかどうか見極めようとしているのだと分かった。

（必死なんだ。俺に対して。いたいけな男のプライドがあるの）

そう気付いた途端、嬉しくなって、誼をちょっとからかいたくなった。

「あんまり意地悪しないでよ」

わざと拗ねたような甘えたような声を出す。自分でデニムと下着をずり下ろし、濡れそぼった性器を露出させた。外気に触れたそこが、きゅっと身構えるように硬さを増す。反り返るほど勃起した自分の性器は、ようやく誼に自分の淫靡な有様を見られて悦び、先走りを零していた。

腹に回された誼の手を取り性器を握らせ、その上から自分の手を重ねた。遠い記憶ではあるけれど、前世か前々世でこういうプレイをしたことがある。

「誼がしてくれないなら俺、自分でするから」

誼の手を好き勝手に使い、自分の性器をしごき始める。自分の手でするようにはできなくてもどかしい。自由で不自由な刺激にくらくらした。

「あん…はぁ……っ」

自分の手よりも大きな手を好きにできるのは最高だった。誼の手を握る手にぎゅうと力を籠めて上下にしごくと、にちゅ、と粘度の高い水音が立つ。羞恥心で爆発しそうになるのに、耳鳴りがしてきそうなほど気持ちいい。

「あ…あぁん」

腰をくねらせてよがっている、こんな自分の姿を、誼に見せつけていることに興奮していた。上気した顔に蕩け切った笑みを浮かべて、誼を振り返った。

どう？　俺、えっちでしょ。見て。俺の恥ずかしいとこ。

「んっ、お、おねだりって、これで合ってる？」

合ってるわけないだろうな、と思いながら誼を煽る。とはいえ、誼の希望はできるだけ叶えてあげたいという気持ちは本当だ。縁のおもちゃになっていた誼に、首をのけぞらせて「おねだり」した。

「ねえ誼、ちゅーして」

れ、と舌を出して、背中に体重をかける。

すると、それまで大人しく縁に好きにさせていた誼は、唐突に空いている方の手で縁の顎を掴んだ。

「ん、ン……！」

顎を掴まれたまま、口を丸ごと覆うようにキスされた。ためらいなく口の中に熱く濡れた舌先が入ってくる。驚いて、思わず顔を引こうとすると、がっちりと顎を掴んだ手に力を込められて、微動だにできなくなった。

「ンン、ん……っ」

息をする隙も与えてもらえず、強く舌を吸われる。口の中に湧いた唾液を全部吸われるような獰猛な口付けに、ついていけなくて、喉の奥からか細い悲鳴のような声が出た。

苦しくなって目がチカチカしてくる。必死になって誼の胸を押し返すと、ようやく口を離してくれた。二人の唇の間に透明な唾液の糸が引いて、湿った吐息が混ざり合った。

「……っはあ、はあ」

荒い息を吐く縁の唇を、諠は指先で拭った。間近に目と目が合う。すっかりいい気になっていた縁は、鋭く豹変した諠の目付きに尻込みした。

「随分煽ってくれたね」

「……お、おねだりしてって、言ったじゃん」

なおも生意気な縁の言葉に苛立ったような微笑みを浮かべた諠は、中断していた手淫を再開するのと同時に、縁の先走りでぐちゃぐちゃに濡れた手を、後ろに滑り込ませてくる。

「あっ」

尻の割れ目をなぞった指に、孔の表面をトントンと叩くようにされて、きゅっと尻に力が入った。今からここに入れるよという合図のような動作に、期待するように反応してしまった恥ずかしさに、耳がかっと熱くなる。

「や…」

身を捩って逃げようとしたものの、孔に潜り込んできた指が、押し広げるように容赦なく中をこねくり回してくるせいでうまく力が入らない。

諠は意地悪だった。縁が孔をいじられる違和感に身体を強張らせれば性器をしごいて気を逸らし、達しそうになるとその気配を察して、寸止めするのを繰り返す。

「誼のバカ、んん…んぅ、も、やだ……」

　ぐずぐずになって半べそで口走る縁の言葉も、唇で塞がれてしまう。頭が回らなくなってきて、もはや文句を言う余裕もない。腰をくねらせて赤ん坊のような声で喘ぐだけになってしまった縁に、誼は「ごめんなさいは？」と聞いた。

「あっ、ん…ご、ごめんなさい…」

「じゃあ、もう一回ちゃんとおねだりして」

　よしよしするみたいに、性器の先を手のひらで撫でられた。

「い、イかせてよぉ…」

「だめ。もっとかわいく言えるでしょ」

「なっ、何それ、俺わかんな…っ」

　半べソで誼の腕にしがみつくと、誼は前と後ろ両方の手の動きを止めた。繰り返し寸止めされた苦しさで気が狂いそうだ。

「ねえ、誼、ごめん、ごめんなさい、意地悪しないで…」

「どうしたい？」

「イきたい…っ、前、触って」

「他には？」

「う、後ろ…」

「前とか後ろとかじゃなくて、ちゃんと言って」

誼のやりたいことをようやく察した縁は、羞恥心と結局誼に主導権を取られた悔しさで目が潤んできた。

「うう、もー…、最悪…っ」

「でも気持ち良くしてほしいんでしょ？」

「してほしい〜〜〜」

泣きたくなんてなかったのに、ぼろぼろ涙が零れてきてしまった。縁は駄々をこねる幼児のように誼のズボンを引っ張って下ろそうとするが、上手く手に力が入らない。

「うっ、うう…、ねえ、これ脱いでよっ……！」

泣きながら誼の股の間を手のひらでまさぐると、はち切れそうに膨らんだ性器に触れた。

（なんだよ、お前だってむちゃくちゃに勃起してるじゃん！）

心の中の叫びが泣きべそに変わってしまう。

「よしよし、いい子。わかった。あとは？」

もういいよ。どうにでもなれよ。なんだっていい。

半ばやけになって、縁は立ち上がると半端に脱いでいたデニムと下着を脱ぎ捨てて、テーブルの上に手を突いた。尻を突き出して、片手で押し広げて見せる。

「おれのちんちん触って、お尻に誼のちんちん入れて、いっぱい突いて。いっぱい気持ち良くして」

恥ずかしすぎる。でも、それが誼の見たかった縁の姿そのものだったようだ。

「ああ、かわいい、かわいい。縁、世界でいちばんかわいいな」

腹につきそうなほどそそり立ってだらだらと先走りを垂らしていた誼の性器の先端が、尻の割れ目を何度か往復した。ぬるぬるになった穴の入口に、指が潜り込んでくる。もう挿入して大丈夫かどうか確認したようだった。

「まだ十分じゃないかも。縁、挿れて大丈夫?」

「〜〜〜っ、も、いいから、大丈夫だから早くしてよ…っ」

後ろ手に誼の陰茎を掴むと、縁は自分の尻に導いた。ようやく誼は満足したらしく、縁の身体に手を回して、腰を推し進めてきた。

身体の真ん中に押し入ってくる性器の大きさに、立っていられなくなる。テーブルの上にぺたんと上半身が伏してしまった。

「はあっ、あ…っ」

「気持ちい?」

「ん、んんっ」

返事をする余裕もなかった。

寸止めのまま放置されていた陰茎を、誼の手が再び上下に擦り始める。

「あっ、あ……」

唇の端からよだれが垂れているかも知れない。こんなだらしない顔を誼に見られなくて本当に良かった。誼も気持ちよさそうだ。背中に押し付けられた上半身は熱くて、誼の荒い呼吸が耳や首筋にかかってくすぐったい。

ぐぷ、と根元まで性器が入ってきた。奥の方までみっちりと貫かれていて、いっぱいいっぱいだ。どうにか思ったように繋がれて、ほ、と縁が息を吐いたのも束の間、すぐに誼が腰を動かし始めた。

「あ、ま、待って…」

固くなった性器に良いところを何度もゴリゴリと擦り上げられて、腰が砕けそうになってしまう。

「や、ちょっと……ン、俺そこ、やばい…っ」

やだ、と言っても、誼が聞いてくれる気配は全くない。

中を繰り返し突き上げられながら性器をいじめられていると、あっという間に頭の中が真っ白になってしまった。

「ひあぁ…ん」

まるで別人のような声が漏れて、自分で驚く。

「すごい、やらしいね、縁」

みっともない自分の様子を言葉にされて、恥ずかしくなる。

「おっ、俺ぇっ…、誼のせい、でっ、こんな風になっちゃっ、……あぅ…」

「大丈夫だよ、縁は綺麗だよ、かわいいよ、ずっと縁がいちばんだよ」

いちばんだよ、と言われた瞬間に、誼の手の中でびゅくびゅくと性器が跳ねた。射精の快楽に、背中がのけ反って膝から下の力が抜ける。ぱたた、と床に精液が滴り落ちた。

「うっ…う……」

いっぱいいっぱいだった何かが決壊して啜り泣いていると、誼の手が柔らかく背中や頭を撫でてくれた。

「ちゃんとイけて偉いね、縁はいい子だねえ」

「いい子じゃないよお…」

「縁はいい子だよ。俺の縁がこんなにいい子で嬉しいよ」

もう言い返すのも面倒になって、誼の性器を身体の中に受け入れたまま真っ白な快楽に

頭から爪先まで浸る。

夢中になりすぎて、性器を引き抜かれるまで、中で射精されたことも分からなかった。泣きすぎて瞼が腫れぼったい。それに我を忘れて喘ぎ続けたせいで声もガラガラだ。そんな抜け殻のようになった縁を、誼は小さな子供にするように撫でてくれた。誼の大きい手のひらは気持ちいい。髪を梳くように頭を撫でられるのが好きだ。

「ふあ…」

蕩け切って半分寝落ちしそうになっていると、頭や身体を撫でてくれていた誼の手が、身体の下に潜り込んできた。

「…へ、なに?」

「もう平気?」

質問の意味を縁が解せずにいると、ひっくり返されて、上から覆い被さるように抱き締められた。

「俺はまだ全然足りないよ」

耳元でそう言われて、緩み切っていた身体が無意識にぎゅっと縮こまった。

「え」

縁の身体を包み込むように抱き締めていた腕や手のひらが、労りの動きをやめ、ねっとりとした手付きで汗ばんだ肌をまさぐり始める。

「うそ…待って。さっき出したばっかりじゃん」

「待たないよ。もう俺は死ぬほど待った」

くったりと力の抜けた性器をもう一度愛撫されると、もう冷めたように思えていた身体の芯にもう一度熱が灯るのを感じた。

「あは…」

「何笑ってるの？」

「ううん、待ってくれて、ありがとね」

そう言うと、尻に誼の熱く固くなったものが押し当てられた。

みっともなくて恥ずかしい台詞をさんざん口走ったのに、まだ自分に欲情してくれることが嬉しくて、笑いが零れてしまった。

何度でもしよう。もう身体が使い物にならなくなるまで、ずっと抱き合っていよう。

7、明日のこと

足りない掃除道具のほかにゴムも買ってこようと誼が言い出して、まだするつもりなのかよと縁が眉を寄せたら、「明日以降の話だよ」と誼はガキ臭く口を尖らせた。

明日。その言葉を、縁は心の中で繰り返した。明日以降が、本当に来るだろうか。

「たしか、バス停のもう少し向こうに行ったとこにコンビニあったよね」

まだセックスの余韻で半分くらいぼうっとしている頭で尋ねると、誼はなぜか縁の顔をじっと覗き込んで、唐突に手を繋いできた。

「え……何?」

「なんか、ぼやっとしてて危うい気がしたから」

「そうかな…いや、いっぱいエッチしたから疲れてるだけ……。ふぁ、ねむ…」

萎れかけた植物のようだった誼は、セックスのあと、元気を取り戻していた。誼に手を引かれるままに坂道を歩き出すと、潮風が吹き付けてきた。風に髪が浮く。海に巨大な夕焼けが反射して、炎を散らしたようだった。

「海の音も慣れたら気にならないのかな…」

縁が何とはなしにそう呟くと、誼は意外そうな声で聞き返してきた。

「海の音に慣れるまでここに住むつもりなの？」

「え？　ああ、そこまで考えて言ったわけじゃないよ」

「縁がここを気に入ったなら、この街に住んでもいいけどね。俺、ここで仕事探そうかな」

このタイミングでそんな建設的な話が出たことに、縁は少し驚いた。

「まあ、別に今すぐじゃなくてもいいんだけど。一応、しばらくは働かなくても過ごせるくらいの貯金はあるし」

「俺はないよ」

「いいよ縁は働かなくて。まず不眠症治しなよ」

「完治はしないよどうせ。でも俺、ここ最近かなり良くなってる」

「諦めないでそのまま完治目指して」

ずっと俺が養うから、と、プロポーズめいたことを言われたが、あまりにも普通の流れで言われたので、ろくな返事が出来なかった。

コンビニへの道すがら、縁はこの人生のことを思い返していた。思えば、みんな東京に置いてきてしまって、手元に残ったものはなかった。というか、始めから誼しか自分にはなかったのかも知れない。

過去のことばかりを考えて歩く縁の横で、諠はずっとこれからの話をしていた。

「弐央のことだけど」

「うん」

「実家のスキャンダルのこと、会見開いたんだよ、あいつ」

置いて来たものの中で唯一の後悔だった弐央のことを言われて、思わず縁は立ち止まり諠の顔を見た。

「あいつの話にそんなに反応されるとちょっと複雑だなぁ」

苦笑いを零しながら、諠は話を続けた。

「自分の言葉で説明してたよ。家を飛び出して歌手になったから実家とは疎遠になってたけど、確認したら申告漏れがあったのは事実だって。意図的なことじゃなかったにせよ許されないことだ、お騒がせしてご心配かけてすみません、て」

「潔いね」

「世間の目にはそう映るだろうね。内容が真実にせよ、嘘にせよ。立ち回り上手だなあ、やっぱり」

良かった、本当に。あの子が世界に置いてきぼりのままにならなくて。

まだ夕焼けに染まっていない青空の部分から、鮮やかな桃色、橙色へ。もうすぐ、緞(どん)

帳を下ろすようにして、この海の上にも夜がやってくる。

「波の音ってうるさいのに静か」

水平線を見ていたら、心にのしかかっていた色んなことが、なんだかどうでも良くなってきてしまった。

ここから見たら海の果てはただの一本線なのに、あの下では全く別の生命サイクルが循環している。人間が狭苦しい陸地にせかせかと街を築き、その中で起こる些細な諍いに搦めとられている間も、海の中では人間のあずかり知らないような規模で命が生まれて消えていっている。そう思うと、こんなところで自分が何度生きて死んでいようが、本当に取るに足らないことのような気がした。

「ねえ誼」

「なに」

「コンビニ行く前に、砂浜下りてみてもいい？」

「いいよ。でも日が暮れたら風強くなりそうだからちょっとだけね」

「わかった」

海の音を聞いていて、たった今思い出した。この場所に誼と一緒に来るのは初めてではない。過去に二度、この町にやってきている。そして自分たちは二度、ここで終わりを迎えた。

誼は縁の首を絞め、この海に沈める。どうして実際にここに来るまで思い出すことができなかったのだろう。やっぱり肝心なことは直前にならないと思い出せない仕組みになっているんだろうか。

このあとどんな流れで殺されたんだっけ、と思い出そうとして、あれ？と思った。殺された事実は思い出せるのに、実際の場面が思い出せない。

というか、前はどうしてここに来たんだっけ。それも思い出せない。

どういうわけか思い出せなくなっていることがいくつもあることに気付いた。一度目の誼と、二度目の誼と、どんな風に出会ったのか記憶を遡（さかのぼ）ろうとしても無理だった。

でも、もういいや。人の記憶とは、本来そのくらい曖昧なものなのかも知れない。いろんなことを忘れながら人は生きている。忘れるから前に進める。そういうこともあるだろう。

砂浜に下りると、潮（しお）の匂いが強くなった。

「誼」

心細くなって誼を呼んだら、すぐに返事があった。

「大丈夫、ちゃんといるよ」

誼は、考え事をしながらとぼとぼと歩いている縁の後ろを、黙ってついてきてくれていた。

誼は優しくない。優しくない人間が、縁を好きだという理由だけで、努力して優しさを作り上げている。それは、性根の優しい人が自然にくれる優しさよりも、縁にとってずっと価値があった。

誼のことが、いじらしくてならなかった。

そんな誼のことが好きだった。

二十七歳にもなって愛のなんたるかも分からず、「好き」だの「嫌い」だのという言葉を振り回して、傷付け合っている。それでも、一緒にいることを諦められずに、この人に想われたいという望みを捨てられずに、こんなところまで来てしまった。

これが愛であればいい。

たぶん、縁や誼にとって愛とは、とてもしんどいものだ。

自分たちは、愛に関して求めるものが同じだった。それはほとんどの人にとっては、ぐちゃぐちゃになって、粉々に壊れてしまいかねないほどに重たくて、強い。

三度人生をやり直して分かった。そういう、重たい愛を求める人は、案外少ない。ほとんどの人は、身を滅ぼすほどの愛の完遂よりも、自分の心の安全の方が大事なのだ。

大丈夫、ちゃんといるよ。

今の今、誼の言ってくれた一言は、縁の心を救った。

偶然出た一言には違いなかったけれど。この男は、地獄の底まで愛し合っても壊れない人間だ、と縁は思った。本当の本当に、最後までいてくれる。

（ああ。俺って、こっち側の人間だったんだな…）

出会った頃から誼のことを忌避していたのは、そういう自分の本能に気付くのが嫌だったからだ。だって、愛はしんどいから。

だけどもう、諦めようと思った。何を。「愛」から逃げることを。

靴と靴下を脱いで、寄せては引く波の中に足を浸した。

「縁、やめなよ。風邪ひくよ」

「大丈夫」

「何が大丈夫なの」

呆れたように肩を竦めて追ってくる誼に、縁は手のひらを向けて制止した。

「誼。そのまま聞いてくれる？」

きっと、誼を愛していると思う。

誼の欲しいものを、何でもあげたいと思う。この、途方に暮れた子供のような人に。

「あんなに生きたいと思ってたのに、変だな。俺は」

「……縁？」

「今思ったけど、俺は生きたかったんじゃなくて、生きて愛されたかったんだ」

同じ愛を持っていても、その在り処が自分たちは決定的に違っている。やっぱり自分にとっての愛は始まりにあるのだと思う。

「俺は誼のことが大事だよ。誼の欲しいもの、何だってあげたい。心も身体も、この命だって」

心の底から誼のために死んでもいいと思っていたけれど、それでもやっぱり、縁は生きて愛されたかった。

だから、この人生はここで終わり。これ以上はどうしようもないから、殺されてあげようと思った。

「俺ね、諦めないの、得意だから」

三度もやり直したんだから、死んだらまた、高校時代からやり直せるはずだ。

次の人生もまた大変かも知れないし、もしかしたら今回よりももっと苦しんだり傷付いたりするのかも知れない。でもそれでいい。あれほどループする人生が嫌だと思っていたのに、今、縁にとってそれは間違いなく希望だった。

次は、どうかきっと――。

「誼と、生きて愛し合える道を見つけたい」

日がだんだんと落ちてきて、世界は見たこともない橙色に染まる。美しかった。これがもし愛の果ての光景だというなら、愛とはやっぱり、美しいものに違いなかった。

「誼」

この人生で誼の名前を呼ぶのはこれが最後になるのかも知れない。誼。安念誼。

「好きだよ」

君が好きだ。言葉にして言い尽くせないほどに。

少しの沈黙のあと、誼は二歩、三歩、足元を確かめるような足取りで、縁の目の前までやってきた。

顔に向かって、まっすぐに誼の手が伸びてくる。頬を撫でられて、その濡れた感触で、自分が泣いているのだと分かった。

手のひらで顔を包まれる。熱い手のひらだった。そして、ただ黙って、唇を重ねられた。

長いキスのあと、身体が離れる。

誼は幼い子供のような顔で、ただ一言「ありがとう」と言った。

縁をその手で殺そうなんてことは、まるで思いもつかないようだった。

「……え？」

声を出したのは縁の方だった。

殺されなかった。誼はまっすぐに立って、ただじっと縁を見つめている。

「縁」

名前を呼ばれて、急速に頭が回り出した。

もしかして自分は、大きな勘違いをしていたんじゃないのか。

今までと違うこと。

それはただ一つだけだ。

縁の方から誼に「好きだ」と伝えた。

一度目と二度目は、本当の意味で誼が愛を得られていなかったのだ。手に入ったから安心して殺したのではなく、不安だったから殺した。そういうことだったのではないか。

きっとこのループは縁がこの終わり方に納得がいっていなかったから起きたのだ。

今なら分かる。自分の人生が終わることではなくて、「殺して手に入れたつもりになって、半端なところで愛から逃げた」誼に納得できなかったのだ。

誼をこのループに縛りつけていたのは、本当は俺の方だったのかも。

そう思ったら、よく分からない笑いがこみあげてきた。

「あはは。俺ってめちゃくちゃ重いじゃん」

そりゃ、こんな愛に耐えきれるのは、誼。たぶんこの世で君だけだ。

「ごめんね誼。いっぱい、いっぱい巻き込んじゃって」

ひとしきり泣きながら笑ったあとで、海の冷たさに痺れを切らした誼に手を引かれて、海から上がった。夕暮れの砂浜を、裸足で一歩一歩歩いていく。

「誼、どうしよう」

「何が？」

「明日はもう、俺たちの知らない朝だ」

淋しがりの二人にようやく新しい朝が来る。

「俺、実は明日、誕生日なの」

「はあ」

「何？」

「俺がそんなこと知らないとでも？」

勝ち誇るように言った誼に、「ありがとう」と言って笑った。

俺はいつでも頭が足りなくて、肝心なことを忘れてしまう。

だから、もしかしたら明日の朝目覚めたら、明日じゃなくてもいつかは、この信じられないほど美しい景色のことも忘れてしまうのかも知れない。

そうやって、大事なものをたくさん落っことしながら、やっとのことでここまで歩いてきた。そんな風にしか、生きてこれなかった。

だから、誼。どうか俺の代わりに覚えていて。この景色のこと。

いつかは忘れてしまうであろう記憶の代わりに、ずっと君のそばで生きていようと思うよ。

終

■あとがき■

この度は『三度死んでも君がいい』をお手に取って下さってありがとうございました。少しでもお楽しみ頂けた部分があれば幸いです。

本の表紙と挿絵を苑生(えんじょう)先生に描いて頂きました。前から大好きだったイラストレーター様に自分の本に絵を付けて頂く日が来ると思っておらず、まだあまり実感がありません。こんなに美しい表紙と挿絵をありがとうございました。嬉しくて全くうまく言葉になりません。

この本の登場人物は全員、お世辞にもすごくいい奴とは言えず、ちょっとずつ癖のある人物なので、好き嫌いが分かれるかも知れない……と思っています。担当編集様にもかなりの労苦をお掛けしました。総合的な私の実力不足やスケジュールで担当編集さんには大変な思いをさせてしまって、申し訳なさとありがたさで本当に頭が上がりません。

キャラについては、誼(よしみ)も縁(より)もそれぞれ心の中に子供の自分を飼っていて、それぞれにわがままで不器用なところがあります。でもそういう、大事な人に対して出来ないことの方が多い人達が、どうにか相手の役に立とうとしたり癒してあげようとしたりして、努力によって「優しさ」を作ろうとするのは、愛だと思います。素の優しさはとても尊いですが、作られた優しさも同じくらい尊くて、どっちも本物の思いやりだと思います。

個人的には主人公の友達の仁尾が大変気に入っているのですが、彼は彼で、縁と誼とは対極の極端な愛の形を持つ人で、恋愛をすると大変だと思います。いつか彼の話をどこかで書けたらいいなと思っています。

余談ですが、次に本を出して頂ける機会があればキャラは「誼（よしみ）」と「縁（より）」という名前の因縁めいた関係の二人の話にしようと一年以上前から思い描いていたので、実現できて嬉しかったです。

またいつかどこかでお目見えできる機会があれば幸いです。

担当編集様、苑生先生、この本をお手に取って下さった皆様、この度は本当にありがとうございました。

谷川藍

初出
「三度死んでも君がいい」書き下ろし

CHOCOLAT
BUNKO

この本を読んでのご意見、ご感想をお寄せ下さい。
作者への手紙もお待ちしております。

ショコラ公式サイト内のWEBアンケートからも
お送りいただけます。
http://www.chocolat-novels.com/wp_book/bunkoenq/

三度死んでも君がいい

2022年11月20日　第1刷

著　者:谷川 藍
発行者:林 高弘
発行所:株式会社　心交社
〒171-0014　東京都豊島区池袋2-41-6
第一シャンボールビル7階
(編集)03-3980-6337 (営業)03-3959-6169
http://www.chocolat_novels.com/
印刷所:図書印刷 株式会社